Jolines Vermächtnis

Dorfgeschichten aus Norderstapel
von Elke Schmidt

Danke !

Dieter
Else
Henrik
Herbert und Josy
Irene
Kurt
Lotti
Sönke
Steffi
Sven

Jolines Vermächtnis

Dorfgeschichten aus Norderstapel

von Elke Schmidt

Impressum

Bibliografische Information der Deutschen Nationalbibliothek:
Die Deutsche Nationalbibliothek verzeichnet diese Publikation in der
Deutschen Nationalbibliografie; detaillierte bibliografische Daten sind
im Internet über http://dnd.dnd.de abrufbar.

© 2012 Elke Schmidt, Norderstapel

Fotografie und Illustration: Elke Schmidt

Lektorat: Sven Becker

Herstellung und Verlag: Books on Demand GmbH, Norderstedt

ISBN: 978-3-8482-0873-9

Inhalt

Vorbemerkung

Norderstapel, dieses bezaubernde Dorf mitten in der Landschaft Stapelholm zwischen den Flüssen Eider, Treene und Sorge gelegen, wurde mir vor einigen Jahren zur Heimat.

Heimat, dieses Gefühl nahm ich erst hier wahr in dem kleinen überschaubaren Ort mit der einzigartigen Natur und der Treene vor der Haustür. Viel dazu beigetragen haben die Menschen, die hier leben, die mich Zugereiste ohne Vorurteile, wohl mit Neugier, aber vor allem mit Aufgeschlossenheit und Wohlwollen in ihrer Mitte aufgenommen haben.

Fotografie, bis dahin lediglich ein Hobby, wurde hier meine Leidenschaft. Das ständig wechselnde Licht des Nordens und Motive von historischen reetgedeckten Häusern, uralten Bauernglocken und der wunderschönen Flusslandschaft brachten die Speicherkapazität meines Computers bald an seine Grenzen. Auf mein Bildmaterial wurde die *Arbeitsgruppe Chronik* aufmerksam, und damit war mein Interesse an der Historie geweckt.

Mit der Zeit erfuhr ich viel über Norderstapel und seine Geschichte aus einer Zeit, die vielen von uns unbekannt ist. Manches ist nur noch bewahrt in Anekdoten, von Generation zu Generation weitergegeben. Mein Archiv füllte sich sukzessive mit alten Geschichten aus Norderstapel, *meinem Dorf*.
Den Anlass zur Veröffentlichung der gesammelten Erzählungen sah ich gekommen, als ich von der ersten geschichtlichen Erwähnung Norderstapels im Jahre 1462 erfuhr. Mit nunmehr 550 Jahren ist *mein Dorf* also ein richtig altes Mädchen, aber immer noch eine schöne Frau.

So erzählt das Büchlein nicht nur von der guten alten Zeit. Geschichte und Geschichten vermischen sich mit Gegenwart, Zukunft und Fantasie, berichten von Ausflügen in die Natur, und lassen Kritisches nicht außen vor.

Elke Schmidt
Mai 2012

Umzug aufs Land

Landleben macht mir keine Angst, im Gegenteil, ich bin eher der Natur-Typ, und die Entscheidung für den Umzug nach Norderstapel fiel mir leicht, ich war mir sicher, dass ich mich in dieser Umgebung wohl fühlen würde. Voll beladen und mit den beiden kleinen Hunden im Auto war ich unterwegs von Köln nach Norderstapel, einem Dorf mit etwa 820 Einwohnern, gelegen mitten in der schönen Landschaft Stapelholm im nördlichen Schleswig-Holstein und dem südwestlichsten Zipfel des Kreises Schleswig-Flensburg. Ebenfalls unterwegs war der Umzugswagen mit Hänger, voll gepackt mit meinem gesamten Hab und Gut, begleitet von fünf kräftigen Möbelpackern.

Eigentlich bin ich der Langschläfer-Typ, an diesem Morgen musste ich früh raus, sehr früh. Um 6 Uhr 30 standen die Möbelpacker in meiner mit unzähligen Kartons, Schrankteilen, Teppichen, Wäschekörben, einem in mehrere Decken gewickelten Fernseher und jeder Menge Zimmerpflanzen vollgestellten Wohnung. Es war kaum ein Durchkommen und ich fragte mich, wie das alles in die Wohnung gepasst hatte. Der Keller war genauso voll mit Kartons, und meine größte Sorge war in diesem Moment, die Waschmaschine aus der Waschküche nicht zu vergessen. Ein kurzer Rundgang mit dem Chef der Möbelpacker endete mit seiner Bemerkung „das kriegen wir hoffentlich alles mit, der Hänger ist bereits halb voll, wir konnten noch eine andere Fracht nach Schleswig-Holstein übernehmen. Aber keine Sorge, wir machen das schon!" Nicht wirklich beruhigt fuhr ich schnell zum Bäcker und holte jede Menge belegte Brötchen für die Frühstückspause und anschließend zur Autowerkstatt, um meine dort gelagerten Winterreifen abzuholen, die hätte ich beinahe vergessen.

Irene, meine Freundin, ist der klassische Frühaufsteher-Typ. Wir wohnten Tür an Tür und sie hatte mich am Morgen mit einer heißen Tasse Kaffee geweckt. Als ich jetzt mit Brötchen und Winterreifen zurück kam, standen etliche Kannen Kaffee bereit, eine für uns, die anderen für die Möbelpacker. Wir suchten uns einige Brötchen von den Tabletts und dann stellte ich alles den schwer schuften Männern draußen an der Haustür auf einen Hocker. Meine Hunde liefen leicht panisch immer hin und her, von meiner in Irenes Wohnung, in den Garten, vor die Tür, irgendwann hatte ich sie aus den Augen verloren. Ein großer

Fehler, denn sie hatten die Brötchentabletts vor der Haustür entdeckt. Als ich raus ging, um zu fragen, ob noch genug Kaffee da ist, saßen beide Hunde entspannt im Hauseingang, jeder mit einem Schinkenbrötchen im Maul.

Erstaunlich, wie schnell das Verladen geht, wenn fünf kräftige Männer zupacken. Während meine Wohnung immer leerer wurde, fingen Irene und ich an, sie besenrein zu putzen und den Kleinkram, den ich mitnehmen wollte, in meinem Auto zu verstauen, immer darauf bedacht, dass die Hunde noch Platz haben.

Mittlerweile standen nur noch die Pflanzen im Wintergarten. „Sollen die wirklich alle mit?" fragte mich der Chef-Möbelpacker leicht genervt. „Wir können nicht garantieren, dass die unversehrt ankommen, der Wagen ist praktisch voll bis unters Dach." Ich zeigte ihm, welche mir am wichtigsten waren, irgendwie schafften sie es, auch die Pflanzen noch unterzubringen, aber die große Yucca, über zwei Meter hoch in einem überdimensionalen Terrakotta-Topf gewachsen, musste zurück bleiben. „Irene, ich kann doch diese wunderschöne Yucca nicht weg schmeißen", jammerte ich etwas hilflos. Irene hatte selbst unzählige große Pflanzen in ihrer Wohnung, aber keine so schöne Yucca, ihre sah schon lange ziemlich jämmerlich aus, als würde sie langsam ihr Leben aushauchen. Wir schafften sie in Irenes Wohnung, ich war beruhigt, die Möbelpacker auch, meine Wohnung war leer geräumt und sauber, der Möbelwagen mit den fünf Männern machte sich auf den Weg nach Norderstapel, und ich trank mit Irene einen letzten Kaffee. Ziemlich wortlos saßen wir nun da, schauten uns an, versuchten, Tränen zu unterdrücken, umarmten uns. „Ich muss los!"

Was verschlägt einen denn eigentlich nach Norderstapel – ins Binnenland von Schleswig-Holstein – das Land zwischen den Meeren?

Alles begann an Irenes Geburtstag. Wir wohnten in einem kleinen Mietshaus mit fünf Wohneinheiten in einer Kleinstadt westlich von Köln. Unmittelbar am Autobahnkreuz gelegen mit bester Infrastruktur kann man hier eigentlich gut leben, aber ich fühlte mich nicht mehr wohl. Der Ort wuchs rasant, immer mehr Neubaugebiete entstanden, eines Tages wurde mir bewusst, dass ich nicht mehr am Ortsrand sondern mittendrin wohnte. Die Wiesen und Felder, einst in unmittelbarer Nähe gelegen, waren zugebaut und durch eine Umgehungsstraße zerschnitten. Um zur Erft, einem kleinen Fluss vergleichbar mit unserer Treene, zu gelangen, musste ich mehrere Hauptverkehrsstraßen überqueren, und von Westen rückte der Braunkohle-Tagebau immer näher an den Ort.

An besagtem Geburtstag erzählten Gäste von ihrem letzten Urlaub in Stapelholm und einem reetgedeckten Haus, das zum Verkauf stand. Wie oft hatte ich schon darüber nachgedacht, irgendwann in den Norden zu ziehen, zurück in den Norden, denn ich war ja von Hamburg in das Rheinland gekommen.

„...liegt in der Nähe von Friedrichstadt, zur Nordsee, nach Husum und Tönning ist es nicht weit". Das riss mich aus meinen Gedanken, die um Freunde, Beruf und einen möglichen Umzug nach Norddeutschland gekreist waren. Die Gegend kannte ich! Warum eigentlich nicht?

Immer öfter fuhr ich für ein paar Tage in den Norden, mal nach Ost- und dann wieder nach Nordfriesland, oder an die Ostsee, raus aus dem Lärm und Stress, verschnaufen und durchatmen. Immer öfter durchsuchte ich das Internet nach Immobilienangeboten, schaute mir Dörfer und Häuser an und eines Tages, an einem wunderschönen warmen Septembertag, kam ich das erste Mal nach Norderstapel.

„Das passt!" sagte ich mir, als ich vom Dorfplatz aus auf das kleine Haus in dem großen Garten schaute, das zum Verkauf stand, „perfekt für mich und die Hunde."

Norderstapel wurde mein Zuhause, meine Heimat. Selbstverständlich musste ich mich an vieles erst gewöhnen, beispielsweise an das raue Klima des Nordens. Man muss es lieben, denn der steife Westwind und besonders der winterliche eisige Ostwind, dazu Temperaturen, die oft heftig unter den von der Kölner Bucht gewohnten liegen, sind nicht Jedermanns Sache. Ich gebe zu, manchmal bin ich im Winter ziemlich genervt. Die Hunde wollen raus in die Wiesen, sie sind gegen die eisigen Temperaturen durch ihr dichtes, dickes Fell wie in einem Pelzmantel gut geschützt. Für mich bedeutet das *Zwiebelverfahren*. An den Füßen mindestens zwei paar Socken und dick gefütterte winterfeste Schuhe, eine warme Leggins und darüber Jeans oder Thermohose. Oben herum sieht es nicht besser aus, Unterhemd, langärmeliges Shirt, Pullover,

Schal, Mütze und die dickste Winterjacke mit Kapuze. So eingepackt habe ich das Gefühl, ich kann mich kaum noch bewegen. Ach ja, ganz wichtig ist eine wasserfreie Fettcreme für das Gesicht.

Als mich letzten Winter die Enkelkinder einer Nachbarin so warm verpackt kommen sahen, sie haben mich sicher nur an den Hunden erkannt, riefen sie „du siehst ja aus wie das „Michelin-Männchen" und lachten und lachten...

Landleben – ich stellte fest, dass ich in einer anderen Welt war. Der Geruch vom Misthaufen um die Ecke und der Gülle aus dem benachbarten Kuhstall waren neu für meine Nase. Die Geräusche von Treckern, Kühen, Pferden und Hühnern waren ungewohnt für meine Ohren.

Landleben - die Zeit bekam für mich eine andere Dimension. Das erste Mal spürte ich das, als ich mich als frisch Zugezogene bei den unmittelbaren Nachbarn vorstellen wollte.

„Guten Morgen, ich bin Elke Schmidt, die neue Nachbarin und will nur mal kurz Hallo sagen."

„Ja, ich habe sie schon mit ihren Hunden vorbei laufen sehen, kommen sie mal rein! Übrigens, wir duzen uns hier alle, ich bin die Inge."

Eine Stunde später, in der ich einen bunten Querschnitt über das Dorf und seine Bewohner erfuhr, klingelte ich beim nächsten Nachbarn. „Moin, ich bin die Hilde, komm rein!"

Das Beste am Norden ist das *moin*, dieser Gruß wird zu jeder Tages- und Nachtzeit angewandt und klingt in meinen Ohren wie Musik, freundlich und von Herzen kommend. Man kann es kurz und knapp aussprechen, manche verdoppeln den Gruß zu einem noch herzlicher klingenden *moin moin*, und bei mir klingt es eher lang gezogen in sich verändernder Tonlage wie gesungen, also ungefähr *moooiiin*.

Wäre da nur nicht diese Fremdsprache plattdeutsch. Trifft man nur einen Ein- heimischen, läuft die Konversation, hier nennt man das Klönen oder Klönschnack, auf Hochdeutsch ab, trifft man aber auf zwei oder mehr, verfallen sie sofort in ihren Dialekt, und zwar in einem Tempo, als befänden sie sich in einem Wettbewerb im Schnellsprechen. Glaubte ich gestern noch, ich würde platt bereits ganz gut verstehen, werde ich kurz darauf eines Besseren belehrt.

Ich nehme mir also möglichst oft die Zeit zum Klönen, zum Lernen der Sprache und zum Kennenlernen von Land und Leuten. Glücklicherweise kann ich mir meine Zeit frei einteilen.

Übrigens, seit ich in Norderstapel lebe, geht die schöne alte Wanduhr, eine Erinnerung an meinen Großvater, ständig nach...

Das Zinsbuch

1462 ist für Norderstapel von besonderer historischer Bedeutung durch die erste bekannte Erwähnung in einem Zinsbuch. *Nordstapel* hieß das Dorf damals noch, *Nørre Stabel* nannten es die Dänen. Bei meinen Recherchen im Internet unter *geschichte-s-h.de* fand ich einige interessante Begebenheiten heraus.

Seit 1460 regierte Christian I., der damalige König von Dänemark, als Herzog von Schleswig und Graf von Holstein. Er hatte seine Wahl durch Zugeständnisse an die Adligen erreicht, die im Ripener Privileg festgelegt wurden.

Durch die Verhandlungen wurde eine Verbindung Schleswigs und Holsteins mit Dänemark bestätigt.
Der Ripener Vertrag war auch Grundlage dafür, dass sich ab 1462 gemeinsame ständische Landtage von Schleswig und Holstein bildeten. Es ging jeweils um außerordentliche Hilfen in der Not, um eine Unterstützung des Landesherrn, also um eine Steuer. Die Stände akzeptierten es zum Beispiel als Notlage, wenn eine Prinzessin eine Aussteuer benötigte (Fräuleinsteuer), wenn das Land von Feinden bedroht war oder Lösegeld nötig war, um den gefangen genommenen Landesherrn freizukaufen.

400 Jahre hielt die Verbindung von Schleswig, Holstein und Dänemark, die 1867 durch die Einverleibung der Preußen endete.

Man zählt diese Zeit als Übergang vom Spätmittelalter zur Neuzeit, der Buchdruck mit beweglichen Lettern war gerade erfunden worden, die Entdeckung Amerikas stand kurz bevor.

Das besagte Zinsbuch beruht auf einer Anordnung von Bischof Nicolaus IV. Wulf von Schleswig. Hatte er den Überblick über das bischöfliche Einkommen und die mit den Lansten verhandelte Pacht aus dem Besitz seiner Ländereien, nur teilweise in Aufzeichnungen vorhanden, verloren?
Jedenfalls ordnete er 1436 an, über den Bestand des bischöflichen Einkommens ein Register zu erstellen. Für *Nordstapel* war das Schloss in Schwabstedt

zuständig. Man war da wohl nicht so fix, denn erst 1462 taucht die erste Eintragung der Einnahmen aus *Nordstapel* auf. So viel zur Entstehung des Zinsbuches.

Nordstapel gab es natürlich bereits vor 1462, und mit Sicherheit wurden schon lange Pacht und Steuern abgeführt, aber durch die Einführung des Zinsbuches durch Bischof Nikolaus IV, Wulf von Schleswig können wir jetzt ermessen, was das für die *Nordstapeler* bedeutete.

So bekam ein Lanste, der im Gegensatz zum Bauern über kein eigenes Land verfügte, den von ihm bewirtschafteten Grund und Boden auf Lebenszeit vom Grundherren, dem Bischof, verliehen, er war also Pächter und musste Pacht bezahlen, die an das zuständige Schloss in Schwabstedt abzuführen war.

Der Bischof verpachtete auch Wurten, heute sagen wir Warft oder Siedlungshügel, möglicherweise wurde damals mit Wurt aber auch eine kleine Länderei bezeichnet. Er besaß jedenfalls offensichtlich etliche, und die lagen sehr wahrscheinlich ziemlich nahe an der Treene in den Wiesen der Treenemarsch, denn auf der Geest machen Wurten in der Bedeutung von Siedlungshügeln zum Schutz vor Hochwasser keinen Sinn.

Es ging aber nicht nur um Pacht für die verliehenen Ländereien. Der Bischof erhob auch Abgaben, *Zehnten* genannt, die man wohl als Steuer verstehen kann. Diese Abgaben wurden prozentual vom Ertrag errechnet und finanzierten unter anderem den Pfarrer und unterstützten die örtlichen Armen.

Bezahlt wurden Pacht und Steuern in Naturalien, und genau darüber gibt uns das Zinsbuch Auskunft.

Die Übersetzung aus dem Lateinischen über die Eintragung der Einnahmen aus *Nordstapel* in das Zinsbuch, auf der nächsten Seite wiedergegeben, stammt von Willers Jessen (1870 bis 1949), die er in seinem Buch *Chronik der Landschaft Stapelholm*, erschienen 1950, veröffentlicht hat.

Liber censualis episcopi Sleswicensis

Im Dorf **Nordstapel** sind 10 Viertel der Geestländereien dem Bischof zugehörig. Jedes Viertel hat bis zum Jahre 1451 3 Tonnen Roggen gegeben, aber jetzt gibt es 4 Tonnen Roggen und ein Huhn als Pacht, weil sie dort allerlei ernten. Summa: 40 Tonnen Roggen, 10 Hühner und von den Neuen 2 Tonnen. Ferner gibt das Dorf 12 Tonnen als Zehnten.

Ferner in Nordstapel Marsch haben die Lansten des Bischofs Wiesen nach der Größe ihrer Geestäcker. Diese Wiesen sind schon eingedeicht und die Lansten müssen Pacht geben, wenn die Bauern Pacht von ihren Wiesen nehmen. Die Lansten müssen die Pacht nach Schwabstedt bringen, auch die Zehnten, aber die Zehnten werden im Dorf gemessen. Sie bekommen eine Tonne Bier, wenn sie die Pacht bringen, und eine Tonne, wenn die Zehnten gesammelt werden.

Ferner hat der Bischof Wurten in Nordstapel, nämlich Marten Vos hat 5 Wurten, von welcher er jährlich zu Michaelis 4 fette Schafe oder Hammel gibt. Datum im Jahre 1457 am Michaelistag. In demselben Jahr hat Marten Vos Äcker gepachtet von Herrn Petrus Parsowus, nämlich Biscoppes Rode, dafür gibt er jährlich eine Tonne Roggen als Pacht.

Ferner ein gewisser Volkleff Zutte, wohnhaft in Nordstapel hat für seinen Sohn Dederik Zutten von dem genannten Herrn Petrus 3 Wurten gepachtet, allgemein Reder Wirde genannt. Auf einer Wurt steht das Haus des Sohnes Volkleff, die anderen beiden hat er als Kohlgarten und gibt jährlich als Pacht eine Tonne Roggen.
Ferner hat Cruse Johan eine Wurt, für welche er 1 Schilling gibt, ferner Boysen Peter hat eine Wurt, gibt einen Schilling, ferner gibt Detleff Bolenssen jährlich 8 Hühner für Wurten.

Mechthild

Gehen wir doch mal noch etwas weiter zurück in die Geschichte. Bevor Norderstapel 1462 erstmals in dem beschriebenen Zinsbuch erwähnt wurde, gab es ein anderes berichtenswertes Ereignis. Im Jahre 1260 tauchte der Name Stapelholm, also diese bezaubernde Landschaft zwischen den Flüssen Eider, Treene und Sorge mit Norderstapel in ihrer Mitte, erstmals in einem Dokument auf.

An diesem Tag verpfändete Mechthild von Holstein ihren Grundbesitz inklusive der Landschaft Stapelholm per Urkunde an die Holsteiner Grafen Johann I. und Gerhard I., ihre Brüder.
Die Umstände, wie es dazu kam, waren ziemlich dramatisch. Mechthild, Tochter des Grafen Schauenburg und Holstein Adolf IV. und Heilwig von der Lippe, heiratete 1237 Abel, der von 1250 bis 1252 König von Dänemark war und Mechthild somit seine Königin.

Abel hatte ziemlich viel Stress, bevor er König wurde. Diese Position hatte nämlich erst sein Bruder Erik inne, aber es kam zum Krieg zwischen den Brüdern, unter anderem ging es um Steuern aus Eiderstedt. Erik starb, möglicherweise wurde er ermordet, und dadurch wurde Abel König von Dänemark. Es kamen neue Probleme auf das Königspaar und deren Kinder zu. Die Kirche, die Eiderstedter und die Untertanen waren nicht gut auf sie zu sprechen.
Als Abel gegen die Eiderstedter in den Krieg zog, ging es immer noch um Steuern. Er starb, wahrscheinlich wurde er ermordet.
Mechthilds ältester Sohn und Thronfolger Waldemar, der zu dieser Zeit in Paris studierte, wurde zurück beordert, kam aber nicht zu Hause an, denn in Köln wurde er verhaftet und in den Kerker gesteckt, und zwar auf Veranlassung des dortigen Erzbischofs, der Lösegeld für seine Freilassung forderte. Mechthild lieh sich das Geld bei ihren Brüdern und verpfändete dafür ihren Besitz inklusive dem schönen Land Stapelholm, dies geschah am 12. Mai 1260. [1]

Mechthild starb 1288 in Kiel.

---

[1] wikipedia.de / „Mechthild von Holstein" von Gabriele Kob-Hart

Ein wohlgebautes Dorf

von Johann Adrian Bolten, 1742-1807

Auszug aus seinen Beschreibungen von 1776 über die
Landschaft Stapelholm und Norderstapel
wiedergegeben in damaliger Schreibweise

Es hat die Natur unserer Landschaft eine ungemein vorteilhafte Lage gegeben. Denn es finden sich hier Marsch, Mohr und Geest, und mithin auch die verschiedenen Reichthümer, welche diese verschiedenen Gattungen des Bodens liefern. Und alle erwähnten Landes-Arten sind so bequem neben einander befindlich, daß es keiner Dorfschaft weder an Marsch noch an Geest mangelt, ja daß sämmtliche Dörfer auf der Geest liegen, und die Vorzüge der benachbarten Marsch genießen können.

Eigentliche Berge sucht man hier vergebens. Doch liegt die hiesige Geest, mit welcher es immer auf und nieder geht, hin und wieder ziemlich hoch, so daß man an einigen Stellen wohl zwanzig Kirchen und Thürme sehen kann. Der Twieberg oder Zwieberg, ein Berg mit gedoppeltem Gipfel auf dem Wege von Nordstapel nach Ervede (Erfde), ist die höchste Gegend in der Landschaft.

Ehemals müssen hier weit mehr Opfer- und Grabhügel gewesen seyn als jetzo. Opfer-Alltar und Gerichts-Sitz mögen die Wollenbarge, vier Hügel auf der Süderstapeler Geest zwischen Süderstapel und Nordstapel, enthalten haben. Von den Fünfbarge, fünf von ihrer Zahl also benannte Hügel zwischen Nordstapel und Bergenhusen, wurde 1772 einer dieser Hügel von der Nordstapeler Dorfschaft abgetragen.

Die Kleidung ist eine gute, zierliche, fast zu kostbare. Die Mannspersonen pflegt man in ihrer täglichen Kleidung an gewissen schwarzen Kitteln von Leinewand kennen zu können, die Frauenzimmer aber tragen eine Art runder Strohhüte, welche man Holmer Hüte nennet, besonders in Nordstapel gemachet werden, und selbst in die Aemter Gottorf und Hütten zum Verkaufe gehen.

Nordstapel oder Norderstapel ist ein wohlgebautes Dorf auf der Geest, auf der Landstraße von Schleswig nach Friedrichstadt. Ehemals hat man Süderstapel und Norderstapel oft mit einem gemeinschaftlichen Namen Stapel oder auch Stapelholm benannt.

Hart vor Nordstapel, wo die Wege von Süderstapel und Seeth zusammen laufen wollen, hat vor Zeiten eine gemauerte, S. Annen gewidmete Kapelle gestanden, welche nicht allein zu gottesdienstlichen Verrichtungen und Betstunden gedienet hat, sondern auch in abergläubischer Absicht besucht worden. Wie denn auch unter andern erzehlet wird, daß man bey Krankheiten des Hornviehs dessen Joch an diese Kapelle gehänget, in der Hoffnung, daß es dadurch wieder gesund werden sollte. Der Platz heißt noch S. Annen-Stäte.

Die Nordstapeler Geest wird vom Bergenhusener Felde durch den so genannten Jägerdamm geschieden. Dieser geht von der Holzkate in gerader Linie nach dem Erveder Holze, trennet das Bergenhusener Holz vom Nordstapeler Busche, hat ehemals eine Brücke über die große Schlote gehabt, ist von den gottorfischen Herzögen, welche sich in Stapelholm oft mit der Jagd belustigt haben, zu ihrer Bequemlichkeit angelegt worden, und wird jetzo, da die Brücke nicht mehr vorhanden ist, nicht unterhalten oder gebraucht.

Auf dieser Geest bemerket man den erwähnten Twieberg zu Süden vom Dorfe. Es hat fast das Ansehen, daß dieser Berg eigentlich ein Grabhügel eines Seehelden oder Seeräubers gewesen, von welcherley Leuten bekannt ist, daß über sie und ihre Schiffe ein großer länglicher Hügel aufgeworfen worden.

Die Norderstapeler Treen-Marsch liegt zwischen der Bergenhusumer Treen-Marsch und dem Seether Osterfeld, und wird von der ersteren durch einen kleinen, von der Treene nach der Holzkate gehenden Deich abgesondert, welchen die Bergenhusumer, seitdem sie ihre Treen-Deiche aus der Acht lassen, machen und unterhalten müssen, damit nicht, wenn sie ihr Land der Treene preis geben, auch die Norderstapeler darunter leiden dörfen.

Papenbrock und Treenbrock, zwey niedrige Felder in der Ostermarsch neben der Holzkate, sind ehemals Brocken oder schlechte Hölzungen gewesen, welche bey Überschwemmungen unter die Erde vergraben worden.

Den Tüschendamm, oder vielmehr Papenbrocks-Damm, ein in der Ostermarsch von der Holzkate nach dem Winkelthore auf der Landstraße gehender Damm, hat man in einer sumpfichten Gegend zwischen Papenbrock und Treenbrock angeleget."

Spaziergang über die Geest

Herbert und Josy sind in der glücklichen Lage, viel Zeit zum Reisen zu haben. Häufig geschieht das per Fahrrad, sie haben damit unter anderem die großen Flüsse Po, Donau, Rhein und Mosel auf diese Weise erkundet, aber Schleswig-Holstein war für die beiden noch ein weißer Fleck auf der Landkarte. Es soll ja Menschen geben, die nicht wissen, dass zwischen Hamburg und Dänemark noch das Land zwischen den Meeren liegt, aber dazu gehören Herbert und Josy definitiv nicht, eine Reise hier her hatte sich einfach noch nicht ergeben.
Aber jetzt sind sie hier, mit Gepäck, als würden sie auf eine Expedition gehen, und am Heck des Autos sind die Fahrräder montiert.

Obwohl ich ihnen schon oft von der Landschaft erzählt habe, hatten sie wohl immer noch geglaubt, hier wäre plattes Land, doch schon bei der Anfahrt von Erfde auf Norderstapel zu bemerkten sie, dass dem nicht so ist. Das hatten sie nicht erwartet, denn es platzt gleich aus Herbert heraus „ihr habt hier ja einen richtigen kleinen Berg vor der Tür!"
Nach 600 km im Auto brauchen die beiden jetzt erst mal Bewegung, und so kann ich ihnen bei einem ausgedehnten Spaziergang über die Geest einen ersten Eindruck von der wunderschönen Landschaft vermitteln.

Ich wähle den Weg über die Breite Straße in die Niederung und dann biegen wir nach Osten ab auf den Plattenweg, der aus dem Dorf herausführt, den ehemaligen Tüschendamm. Auf einer saftigen Wiese weiden Milchkühe, bevor es am späten Nachmittag zurück in den Stall zum Melken geht. Andere Flächen sind Kälbern und Jungrindern vorbehalten, neugierig kommen sie zur Einzäunung, beäugen uns, um kurz darauf mit Bocksprüngen über die Wiese zu sprinten, andere nehmen das für uns unterbrochene Fressen wieder auf.
Die Weite der Niederung wird hier nur ab und zu von Knicks unterbrochen, mit etwas Glück sieht man eine Gruppe von Rehen, Raubvögel wie die Wiesenweihe ziehen ihre Kreise, immer bereit, eine Maus zu schlagen. Es ist Mitte September und die Störche sind längst auf ihrer Reise nach Spanien oder Afrika.
Kurz bevor der Weg an einem Gatter endet, führt der Plattenweg hinauf zur Landstraße Richtung Wohlde und weiter zu den Aussiedlerhöfen. Der Blick

geht über die Niederung der Treene zum Glockenberg, mit 45 m die höchste Erhebung der Schwabstedter Geest auf der nordfriesischen Seite des Flusses.

Vor uns tauchen die Dächer der Aussiedlerhöfe auf. Das sogenannte „Programm Nord" hatte ab 1953 den Bauern eine moderne Landwirtschaft auf der Geest, außerhalb der einengenden Dörfer, ermöglicht. Dieses Projekt hatte aber noch einen anderen Effekt. Die Geest, seit dem Mittelalter immer mehr entwaldet, transportierte bei jedem Sturm Tonnen von Sand über das Land. Nun entstanden wieder Knicks und mit der Landwirtschaft wurde die Erosion gestoppt.[2] *Siebenberge* ist auf einem Schild zu lesen, obwohl es sich lediglich um ein kaum merkliches Auf und Ab handelt.

Unsere Blicke schweifen nach Süden über die liebliche Landschaft der Sorgeniederung, ein Feuchtgebiet mit leuchtendem Reetfeld und vereinzelten Baumgruppen. Auf der Karte von Bolten aus dem Jahre 1776 ist hier der Dacksee bzw. Norderstapeler See noch als großer See eingezeichnet, obwohl seine Trockenlegung bereits im 17. Jahrhundert begann.

„Sag mal, wenn du von Reet sprichst, meinst du dann Schilf? In manchen Gegenden nennt man es doch auch Ried, oder?" Herbert und Josy zeigen großes Interesse an diesem alten Baumaterial.
„Ja, so ist es. Als Baumaterial auf den Dächern wurde seit Jahrhunderten vor allem Reet eingesetzt. Es war kostengünstig, reichlich vorhanden und hatte eine lange Lebensdauer. Die ehemals landwirtschaftlich genutzten Bauernhäuser bestimmen noch heute wesentlich das Erscheinungsbild der dörflichen Ortskerne, und es gibt Planungen, in der Treenemarsch wieder Reet anzubauen. Um den heutigen Bedarf zu decken wird es unter anderem aus China und Ungarn importiert. Reetgedeckte Bauernhäuser stehen in besonderem Maße als Symbol für Gemütlichkeit und Geborgenheit.
Reet wird übrigens im Winter geerntet, wenn die feuchten und moorigen Gebiete gefroren und damit für Mensch und Maschine zugänglich sind."

Der Weg steigt leicht an, ab und zu versperren uns hochgewachsene Maisfelder die Sicht, bis wir vor uns den Twieberg liegen sehen. Am Ringreiterplatz,

---

[2] Arbeitsgruppe Chronik, Norderstapel

bis in die 1970er Jahre der Norderstapeler Fest- und Sportplatz, suchen wir uns den höchsten Punkt für einen Blick in die Weite der Landschaft und wenden uns dann der B202 zu. Wir überqueren die Bundesstraße, die hier wie eine Schneise durch den Berg verläuft und als Erfderdamm nach Erfde führt. Dieser Weg muss sehr alt sein, um 1460 hat ihn ein Durchreisender beschrieben. *„Vom Twieberg aus geht ein stellenweise etwas feuchter Weg nach Erfde zu, bei großen Fluten ist er nicht passierbar."* [3]

Am Naturdenkmal Twieberg angekommen, lasse ich Charlos, meinen kleinen Hund, von der Leine. „Wurde auch Zeit" denkt er wohl, bekommt prompt den Duft eines Hasen in die Nase und ist erst mal weg. Erfahrungsgemäß kann das jetzt dauern und während wir geduldig warten und unseren Durst mit lauwarmem Mineralwasser löschen, erzähle ich Herbert und Josy die Entstehungsgeschichte unserer Landschaft.

> *Am Anfang war die Eiszeit.*
> *Vor etwa 200000 Jahren begann eine Periode von Eiszeiten. Erst legte die Saaleeiszeit Norddeutschland unter einen dicken Eispanzer und später folgte die Weichseleiszeit – summa summarum nennen Fachleute diesen Zeitraum den Saale-Komplex. Das Eis hatte Steine, Sand und Ton mitgebracht, nach dem Abschmelzen vor etwa 12000 Jahren blieb das alles hier liegen, die Geest war entstanden und mit ihr der Twiebarg. Dies alles ist, erdgeschichtlich betrachtet, gerade mal einen Wimpernschlag lang her.[4]*

> *Das Klima stabilisierte sich, das Land formte sich, die Natur konnte sich entfalten und irgendwann fanden sich die ersten Menschen ein. In der damals waldreichen Landschaft hatten sie Holz zur Verfügung als Brenn- und Baumaterial und einen reichen Wildbestand zum Jagen.*

> *Das abgeflossene Schmelzwasser hinterließ fruchtbares Marschland, umgeben von den Flüssen Eider, Treene und Sorge. Bald entwickelte sich ein reger Warentransport über die Wasserstraßen mit Frachtseglern.*

---

[3] „Chronik der Landschaft Stapelholm" von Willers Jessen, 1950
[4] Geschichte-s-h.de / wikipedia.de

Die Ernährung war gesichert durch den Anbau von Getreide und Gemüse, Viehzucht und Fischfang. Torf aus den reichlich vorhandenen Mooren deckte nicht nur den eigenen Bedarf an Brennmaterial, nachdem das Holz aus den Wäldern knapp wurde, er wurde zur Handelsware und über die Flüsse transportiert.

Etliche Generationen später, im Jahre 1260, wird diese Landschaft erstmals als STAPELHOLM erwähnt.

Charlos ist zurück. Wir fragen uns, wie viele Kilometer er wohl gerannt ist bei dem Versuch, am Ende der Spur vielleicht doch den Hasen zu erhaschen. Hechelnd und schwanzwedelnd sitzt er vor uns, die Jagd ist vorbei und er freut sich jetzt offensichtlich, uns wieder gefunden zu haben.
Von der nächsthöheren Kuppe können wir die Steinschleuse erkennen, weiter westlich glitzert die Eider im Sonnenlicht und das weiße Segel einer Yacht taucht neben einer Baumreihe am Fluss als winziges Dreieck auf, um kurz darauf wieder hinter der Uferbewachsung zu verschwinden. Der Segler ist bestimmt auf dem Weg zum Yachthafen von Pahlen oder Tielen.

Wir folgen dem Weg in westlicher Richtung und laufen jetzt durch Sand, vorbei an Gruppen von Hochlandrindern mit ihrem zottigen Fell, den großen Augen und den beeindruckenden ungleichmäßig gewachsenen Hörnern. Als der Weg in einer scharfen Kurve nach rechts zurück ins Dorf führt, entscheiden wir uns für den etwas beschwerlichen bergab führenden Weg durch ein Waldstück. Die hölzernen Stufen, die einst den Spaziergängern den Weg erleichtern sollten, sind inzwischen verrottet, und man muss sehr auf seine Schritte achten. Und da sehen wir schon die alte Brücke, die den waldumsäumten Radweg Richtung Erfde überspannt, hier verlief früher die Bahnlinie von Husum nach Rendsburg. Auf der anderen Seite der Brücke verzweigt sich der Weg. Einer führt den Hügel hinunter und man hat die Wahl des Radweges über die Steinschleuse bis nach Erfde oder zur Eider. Der andere Weg, ein schmaler Waldweg, führt hinauf, wir wählen diesen.

Vor uns liegt der Wollenberg, eine prähistorische Grabstätte. Ein schmaler Pfad, der vom Grasbewuchs frei gehalten wird, führt auf die Kuppe des Grabhügels, was mag wohl unter unseren Füßen verborgen liegen?

Ich erinnere mich an einen Text von Johann Adrian Bolten aus seinem Buch über die Landschaft Stapelholm aus dem Jahre 1776, dort schreibt er:

> *„Von dem Zustande dieses Ländleins in den ersten Jahrhunderten nach Christi Geburt läßt sich nicht viel sagen. Bewohnt ist es freylich gewesen. Es sind gar zu viele Grab- und Opferhügel in dieser Landschaft gewesen. Jagd, Fischfang, Viehzucht, Handlung und Seeräuberey haben zweifelsohne die alten Bewohner ernähret."*

Tatsächlich hat man diverse Gebrauchsgegenstände, menschliche Knochen, Speerspitzen und Urnen im Sand der Geest gefunden, bei dem Fund eines Bronzekruges am Twieberg wird sogar vermutet, dass er von einem Durchreisenden aus dem Alpenraum stammt und ungefähr 2000 Jahre alt ist.

Durstig und mit knurrendem Magen machen wir uns auf den Heimweg, unsere Blicke schweifen noch einmal über die Dächer von Süderstapel und den weithin sichtbaren Kirchturm von St. Katharinen. Wir geniessen den Ausblick.

Nach einigen Tagen mit vielen gemeinsamen Ausflügen zu den Flüssen und Dörfern in Stapelholm ziehen Herbert und Josy weiter an die Geltinger Bucht. Später werden sie mir erzählen, dass sie rund 500 km mit dem Fahrrad durch Stapelholm und anschließend entlang der Schlei und Ostseeküste geradelt sind, obwohl das anfangs so schöne milde Herbstwetter umschlug und Regenschauer und kräftiger Wind ständige Begleiter ihrer Touren wurden. Aber Tourenfahrer sind hart im nehmen. Die Erinnerung an die bezaubernde Landschaft haben sie mitgenommen – und sie werden wieder kommen, denn bei nächster Gelegenheit möchten sie die Treene mit dem Kanu erwandern.

Schwarzdeckenunterhaltungsverband

Die 10 Tagesordnungspunkte auf der Einladung zur Gemeinderatssitzung lassen ahnen, dass es heute länger als gewohnt dauern wird. Der kleine Saal im Gasthof ist entsprechend hergerichtet, ein langer Tisch für die Mitglieder des Gemeinderates an der Stirnseite des Raumes, also für die Verantwortlichen der verschiedenen Ausschüsse und den Bürgermeister, und eine Gruppierung kleinerer Tische in respektvollem Abstand für interessierte Bürger, die Sitzung ist öffentlich. Ein weiterer Tisch ist dem Mann von der Presse vorbehalten. An dieser Seite des Raumes trennt eine große bunte Glasscheibe den Saal von einem Größeren nebenan.

Nach der Begrüßung eröffnet der Bürgermeister die Sitzung und fragt als Erstes nach, ob die Bürger Fragen haben. Offensichtlich behalten lieber alle ihre Fragen für sich.

Als nächstes erfahren die Anwesenden, womit der Bürgermeister sich seit der letzten Sitzung beschäftigt hat. Unter anderem war ein Minister zu Gast, es gab Bürgermeisterrunden zu verschiedenen Themen, eine ins Leben gerufene Arbeitsgruppe befasst sich ab sofort ausschließlich mit dem Thema Energieversorgung und wegen des bevorstehenden Dorffestes hat er sich mehrfach mit den Arbeitsgruppen getroffen, kurz und knapp liest er vom Blatt ab.

Aus dem größeren Saal dringt lauter werdendes Stimmengewirr in den Sitzungsraum und die Redner müssen ihr Stimmen anheben, um noch verstanden zu werden. „Was ist da denn los?" fragt jemand leise wohl sich selbst.

Über die aufwändige Sanierung der Bundesstraße, durch den moorigen Untergrund eine äußerst schwierige Baumaßnahme, hat sich der Bürgermeister von der Baufirma auf den neuesten Stand bringen lassen. Eine unfallträchtige Kurve wird bereits entschärft, einzelne Straßenabschnitte werden über Ampelsteuerung den Verkehr regeln, aber leider lässt sich eine Vollsperrung im Sommer nicht vermeiden. Die Bauarbeiten werden von einer auf schwierige Straßenbaumaßnahmen spezialisierten Firma in einem ausgeklügelten und langwierigen Verfahren mit Fachkompetenz ausgeführt.

Eine weitere Straße wird zur Zeit repariert, eigentlich nur ein Weg, im Herbst hatte man damit angefangen, Frost stoppte die Arbeiten, in Kürze folgt die abschließende Teerdecke, der Schwarzdeckenunterhaltungsverband hat alles im Griff. „Schwarzdeckenunterhaltungsverband hört sich ja faszinierend an." Ich versuche, mir diesen nie vorher gehörten Begriff zu merken und verpasse den Rest zur Erläuterung über die Arbeiten an der Straße.

A L A R M ! kreischt eine helle Frauenstimme auf der anderen Seite der bunten Glasscheibe. Alle blicken irritiert in diese Richtung, aber es ist schon wieder Ruhe nebenan. Da auch Mitglieder der Freiwilligen Feuerwehr anwesend sind, scheint nichts Ernstes geschehen zu sein.

Der nächste Punkt ist die zwingend notwendige Anschaffung eines neuen Feuerwehrautos, denn das 30 Jahre alte Gefährt wird langsam museumsreif. Begriffe wie Feuerwehrbedarfsplan-A1, Kreisleitstelle, Ordnungsamt, Punkte-system, Mannschaftstransportwagen, Kreisleitstelle, Kreisfeuerwehrverband, Fachkompetenz und so weiter erfüllen den Saal.

„Lass mich in Ruhe!" brüllt nebenan eine tiefe Männerstimme.

Einige Zuhörer denken das wohl auch, bestellen sich neues Bier, während Finanzausschuss und Bürgermeister sich die Köpfe heiß reden, bevor die weitere Vorgehensweise in Sachen Feuerwehrauto beschlossen wird.

Der nächste Tagesordnungspunkt soll die Frage klären, ob Immobilien, die sich im Besitz der Gemeinde befinden, verkauft, vermietet oder behalten werden, saniert werden müssten sie auch, und vielleicht kann man das eine Objekt behalten und renovieren und das andere verkaufen. Die Zeit drängt, es muss bald eine Entscheidung her, deshalb will man sich schnellstmöglich wieder an einen Tisch setzen. Erneut fällt der Begriff Fachkompetenz.

„Helene, bist du das?" Da ist wieder die kreischende Frauenstimme von vorhin, Helene antwortet nicht.

Der Vorsitzende des Finanzausschusses geht auf das Kassenbuch ein, und der

Bürgermeister kommentiert „es ist alles spitz auf Knopf gerechnet." Es scheint, als würden die Zuhörer sich nicht auf Ausgaben, Einnahmen, Rücklagen, Personalkosten, Abschreibungen usw. konzentrieren wollen und bestellen lieber neues Bier.

Beim nächsten Punkt der Tagesordnung wird es mucksmäuschenstill, denn dieses Thema betrifft uns alle, es ist mit Kosten für uns Bürger verbunden, da wird man hellhörig. Das Unwort lautet KANALKATASTER und bedeutet, dass alles, was sich im Dorf unter der Erde befindet, geprüft, gefilmt, ausgewertet, archiviert und irgendwann natürlich auch repariert werden muss.

„Verdammt noch mal, das kann doch wohl nicht wahr sein!" Ein bisher nicht in Erscheinung getretener Mann im Nachbarsaal scheint jetzt richtig wütend zu sein und erhebt seine Stimme. *„Wenn das so weiter geht, bin ich pleite!"*

Der Bürgermeister setzt noch eins drauf, auch die Kläranlage ist marode und überlastet, Abhilfe würde ein weiteres Klärbecken schaffen, in dieser Angelegenheit müssen dringend Maßnahmen geprüft und Entscheidungen getroffen werden.

„Wir kommen jetzt zum nichtöffentlichen Teil der Sitzung, ich möchte die Zuhörer bitten, den Raum zu verlassen" lässt der Bürgermeister verlauten.

„Das verzeih ich dir nie, hau endlich ab und lass mich in Ruhe!"

Die kreischende Stimme der Frau aus der Theatergruppe, die im Nachbarsaal hinter der bunten Glasscheibe parallel zur Sitzung probt, klingt inzwischen etwas heiser.

Die Treene schwappt über

So geschehen Anfang Januar 2012.

Im vorangegangenen Sommer und Herbst hatte es viel geregnet. November und Dezember waren mild, was nicht so ungewöhnlich ist, denn wir liegen im Einflussbereich der Nordsee und die ist dann noch nicht kalt genug, um uns Schnee und Frost zu bringen. Aber das milde Winterwetter brachte erneut viel Regen und zum Jahreswechsel fegten einige Stürme aus West mit noch mehr Regen über uns hinweg. Die Wiesen waren gesättigt von dem vielen Wasser und was jetzt neu hinzukam, sorgte für die Verwandlung in eine Seenlandschaft, und der Pegel der Treene stieg immer weiter an. Immer wieder ging ich zum Fluss, denn so hoch hatte ich ihn noch nie gesehen in den vergangenen Jahren.

Eines Morgens, Anfang Januar, fahre ich mit dem Auto zum Fluss, für einen Spaziergang ist das Wetter definitiv zu schlecht. Wieder Sturm aus West, wieder Regen. Die Wolken hängen in dunklen Grautönen so tief, dass man meinen könnte, sie berührten gleich den Boden. Der Wind peitscht den Regen gegen die Autoscheiben und auf den Wiesen der Treenemarsch sehe ich vor allem eins, Wasser.

Ein mehr als 100 Jahre alter Zeitungsartikel beschreibt die damaligen wesentlich folgenschwereren Überschwemmungen.

Stapelholm, 21. September 1903
Die Niederungen an der Sorge und Treene gleichen noch immer einem See und der Spiegel der Treene dürfte gegenwärtig noch immer 1,50 Meter über normaler Höhe sein. Am schlimmsten heimgesucht sind das Nordmoor bei Norderstapel, die Niederungen zwischen Holzkathe, Süderhöft, Hollingstedt, Bünge und Wohlde. Hier ragen überall nur die Heckthore, die Torfdiemen und stellenweise Heuhaufen aus dem Wasser hervor. Der in diesen Niederungen gebaute Hafer ist vernichtet.
Aehnlich sieht es in den Niederungen der Sorge aus. Der Meggerkoog, das Tetenhusener und Königsmoor, im Erfder Kooge usw. liegen die Verhältnis-

se ähnlich. Nachmahd und Weidegang sind verloren. Zur Zeit der Ebbe be-
fördern die 3 großen Treeneschleusen in Friedrichstadt allerdings unge-
heure Wassermengen in die Eider, der Nachfluß aus Angeln und Mittel-
schleswig ist aber zur Zeit, wenn die Schleusentore geschlossen, ein derar-
tiger, daß auch bei dem Ostwind der letzten Tage das Sinken des Wasser-
spiegels kein merklicher ist.[5]

Dort, wo der Weg von Norderstapel auf die Treene trifft, halte ich an, um einen Blick über den Deich zu werfen. Vorsorglich habe ich Gummistiefel, Regenhose und Jacke angezogen. Als ich auf den Übertritt steige, den Zugang zum Deich, fegt mich eine Sturmbö beinah wieder runter, ich kann mich gerade noch an dem Pfosten festhalten. Zwei kleine Boote liegen noch hier, die Besitzer haben wohl gehofft, dass der Winter mild ausfällt und sie ihre Boote nicht ins Winterquartier bringen müssen. Nur der zwischen den Bäumen befestigte Maschendraht hindert sie nun, den Deich weiter zu erklimmen. „Das sieht nicht gut aus, die Treene läuft bald über."

Mir wird bewusst, wie gut wir heute gegen die Fluten geschützt sind. Die ersten Siedler wohnten wahrscheinlich viel näher an der Treene, bauten ihre Häuser auf künstlich angelegten Hügeln, sogenannten Warften, und hatten einen Hafen vor ihrer Haustür. Aber immer wieder machte ihnen der Fluss das Leben schwer, denn es gab ja noch keine Sperr- und Schöpfwerke, Schleusen und hohe Deiche. Die Menschen lebten mit den Gezeiten und jeder Weststurm trieb auch das Wasser der Nordsee weit in das Land. Und so bauten sie ihre Häuser immer näher an die Geest, wo sie mehr Schutz vor dem Wasser hatten.

Die Norderstapeler Anrainer wagten auch einst einen Selbsthilfeversuch, der sie aber teuer zu stehen kam. Auf Anweisung der Landesherrschaft mussten sie einen ohne Erlaubnis begonnenen Entlastungskanal, von der Treene hin zur Sorge wieder zuschütten und obendrein eine Geldbuße in Höhe von 1000 Talern bezahlen. In den Geschichtsbüchern ist dieser Kanal als *Dusendmarksglaad* bekannt geworden. Der Versuch scheiterte, aber es war ein Denkanstoß.[6]

---

[5] „Die Bauernglocke" herausgegeben vom Förderverein Landschaft Stapelholm e.V.
[6] wikipedia.de

Entlang dem Treenedeich verläuft ein Plattenweg. Fasziniert von den Eindrücken und neugierig, wie es weiter westlich aussehen mag, fahre ich weiter in Richtung der alten Eisenbahnbrücke. Ein Schöpfwerk liegt am Weg und entwässert normalerweise über ein ausgeklügeltes System an Gräben die Marsch in die Treene, doch der Fluss kann kein zusätzliches Wasser mehr aufnehmen, er ist voll bis zur Deichoberkante.

Kurz darauf sehe ich es vor mir auf dem Plattenweg sprudeln, die Treene läuft an der dafür vorgesehenen Stelle tatsächlich über.

An dieser Stelle ist der Deich unterbrochen, man kommt bequem ans Ufer und kann den Wasservögeln und den Schafen auf der anderen Seite des Flusses zuzuschauen. Heute bietet sich ein Schauspiel der anderen Art. Durch das Schilf fließt das Wasser über die Wiese, sprudelt über eine im Boden eingelassene Betonkante, um dann über den Plattenweg und von dort in den randvollen Graben auf der anderen Seite des Weges zu fließen. Die Norderstapeler Treeneniederung ist hier als Überflutungspolder vorgesehen und hat eine Aufnahmefähigkeit von mehreren Millionen Kubikmetern Treenewasser, eine große Entlastung für den Deich.

Tief beeindruckt von diesem seltenen Naturschauspiel fahre ich weiter und erreiche die ehemalige Huder Fähre. Der Fährbetrieb ist zwar seit ungefähr 40 Jahren eingestellt, aber es führt immer noch ein Weg über den Deich ans Ufer der Treene. Im Sommer hatte die Gemeinde hier eine Bank aufgestellt, wohl etwas zu dicht am Wasser, denn in der regenreichen Herbstzeit stand sie eines

Tages im Wasser und musste abgebaut werden.

Normalerweise ist hier ein wunderschöner Platz zum Verweilen. Der Hof auf der gegenüberliegenden Seite war früher Gasthof und Fährhaus, ein Stück weiter führt die alte Eisenbahnbrücke über die Treene, und dahinter sieht man den Kirchturm von Schwabstedt. Der kleine Holzsteg am anderen Ufer, wo meist ein Boot festgemacht ist, ist nur noch an dem Pfosten mit dem daran befestigten Rettungsring zu erkennen.

Heute ist auch hier nichts als Wasser. Der Weg auf der Wasserseite des Deiches ist bis kurz unter die Deichkrone überflutet. Den eigentlichen Flusslauf kann man nur erahnen durch einzelne Reethalme, die einst im Uferbereich wuchsen und den Fluten noch tapfer stand halten. Mit genug Fotos von diesem beeindruckenden Szenario fahre ich nach Hause.

Bauernland

„Weißt du noch, wie unsere Großeltern schuften mussten mit Feldbestellung, Ernte und Melken, welch schwere Handarbeit das war und wie lange es dauerte, bis der Acker so weit vorbereitet war, dass sie säen konnten? Mein Opa hat noch mit dem Dreschflegel das Korn gedroschen, 30 Schläge pro Minute."

Els und Johanna, seit der Schulzeit befreundet, sitzen in der Stube und blättern in Fotoalben.

„Gestern Abend lief im Fernsehen ein Bericht über die historische Landwirtschaft. Die ersten Getreidemähmaschinen wurden ab 1850 in Amerika entwickelt und von bis zu 40 Pferden gezogen. Bei uns begann die auf unsere Ländereien angepasste Landmaschinenindustrie erst um 1900. Pferde zogen die Mähmaschinen, die Garben wurden von den Frauen gebunden. Es folgte der Garbenbinder, der in zehn Stunden erledigte, was bis dahin per Hand 10 Tage gedauert hatte. Die ersten Dreschmaschinen waren monströse Ungetüme, aus Holz gebaut, die das Korn vom Stroh, also die Spreu vom Weizen trennten. 10 bis 15 Mann arbeiteten unter immenser Staubbelastung an der Maschine, der letzte in der Arbeitskette war der Sackträger.
Hier im Dorf ging das mit den Maschinen ja viel später erst los. Mein Vater hat erst nach dem 2. Weltkrieg den ersten Traktor angeschafft."

Johanna hält einen alten Zeitungsartikel, den die Eltern aufbewahrt haben, in der Hand, und liest vor „...so kauften 1902 zwei Landwirte aus Erfde eine Dampfdreschmaschine von der Firma Heinrich Lanz in Mannheim. Dieselbe ist neuester Construction, hat doppeltes Schüttelwerk und doppelte Reinigung.
Die Trommel ist breiter wie bei den alten Systemen und mit Ringschmierlager versehen. Die Maschine hat 5 Pferdekräfte, 7 Atmosphären und kostet 7300 Mark."[7]

---

[7] „Die Bauernglocke" herausgegeben vom Förderverein Landschaft Stapelholm e.V.

Hans, der Mann von Johanna, steht schon eine Weile in der Tür und lauscht der Unterhaltung der beiden Frauen, jetzt kann er sich nicht mehr zurück halten und ergreift das Wort.

„Heute sind High Tech Mähdrescher im Einsatz. Computergesteuert mit GPS Autopilot, Laserpilot, bis zu 9 m Schnittbreite und 350 PS wird die Ernte generalstabsmäßig geplant, bis zu 6 ha pro Stunde gemäht, verlustarm gedroschen und der knickfreie Materialfluss garantiert höchste Korn- und Strohqualität. Moderne Landwirtschaft hat mit der guten alten Zeit nicht mehr viel gemein, ohne Kenntnis in Betriebswirtschaft, Management, EDV und Marketing geht es nicht mehr. Quoten und Erträge bestimmen den bäuerlichen Alltag. Lückenlos müssen die Nutztiere von der meist künstlichen Befruchtung über die Geburt bis zur Schlachtung dokumentiert werden."

„Ja ja" seufzt Els, „die Arbeit ist heute schneller erledigt, Melken geht vollautomatisch und die Erträge bei Milch und Getreide sind wesentlich höher, aber die eingesparte Zeit geht für Bürokram drauf."

„Ich weiß noch, wie ich als junges Ding früh morgens mit Körben zum Feld bin, Kartoffeln und Gemüse geholt und dem Kaufmann abgeliefert habe, damit er bei Ladenöffnung frische Ware zum Verkaufen hat. Frühstück gab es erst, wenn ich zurück war, und die Eltern unsere Tiere versorgt hatten."

„Sieh mal, Johanna, das Foto von meinem Vater mit dem Bullen. Da hatten wir so ungefähr 20 Kühe. Später wurden die Kühe abgeschafft und die Ställe umgebaut für Schweinehaltung mit verschieden großen Boxen. Die Sauen mit ihren Ferkeln bekamen ihre Box, die Schweine wurden in verschiedene Gewichtsklassen aufgeteilt und in 10er Gruppen gehalten. Ein weiterer Stall diente ausschließlich der Schweinemast."

„Ich erinnere mich gut, Els, dass ihr viele Schweine hattet. Meine Familie hielt ja vor allem Milchkühe. Als Kind bin ich mit Oma und zwei Milchkannen auf einem kleinen Karren zur Meierei, um die Milch abzuliefern. Damals hatten wir nur ein paar Kühe, dazu Hühner, Enten, Gänse und Kaninchen. Später kam dann eine Kälberaufzucht dazu und zwei Pferde."

„Hier ist ein Zeitungsartikel über die Meierei, sieh doch nur, Johanna. Seit 1886 lieferten die Norderstapeler Bauern ihre Milch an die örtliche Meierei, zu dieser Zeit entstand in jedem Dorf eine Meierei. Vorwiegend Butter und Vollmilch, aber auch Molke, Buttermilch und Käse wurden hergestellt.[8]
Meierei ist übrigens ein typisch norddeutscher Begriff, in anderen Regionen spricht man von Molkerei oder Käserei.
Manch einer brachte seine zwei bis drei Milchkannen mit dem Hundegespann oder per Fahrrad zur Meierei. Durch immer mehr Kühe und entsprechend immer mehr Milch fand ab den 1930er Jahren eine grundlegende Umstrukturierung statt mit dem Ergebnis, dass die dadurch entstandenen Molkerei-Konzerne Milchsammelstellen und Verarbeitungsstätten für Milch wurden und die dörflichen Meiereien unrentabel und überflüssig machten. Seit den 1980er Jahren bringt kein Landwirt mehr seine Milch zur nächsten Meierei, die Milchabholung erfolgt in Tanklastwagen direkt von den Höfen."

„Und wir fahren heute zum Supermarkt und kaufen Milch, die drei Monate oder länger haltbar ist" kommt von Johanna die Antwort auf den Vortrag, „Weißt du eigentlich, dass wir über 90 Liter pro Kopf und Jahr durchschnittlich verzehren, Milch zählt zu unserem Hauptnahrungsmittel. Allerdings liegt der Bierkonsum bei über 100 Litern."

„Wir kaufen vorgefertigte Backmischungen für Kuchen und Brot, und können uns kaum mehr erinnern, dass wir seinerzeit das Korn zur Mühle *Bertha* gebracht und es gemahlen in großen Säcken wieder abgeholt haben."

„Und damit alle satt wurden, besonders die schwer arbeitenden Männer und Bediensteten, gab es dauernd Grütze zu essen. Zur Erntezeit mussten bis zu 20 Leute verköstigt werden, in der Diele wurde ein großer Tisch aufgebaut, Grütze war regelmäßiger Bestandteil des Speiseplanes, denn die sättigt ungemein. Komm, Els, wir setzen uns noch eine Weile draußen auf die Bank, in die Sonne."

---

[8] Arbeitsgruppe Chronik, Norderstapel

Johanna nimmt den Kaffee mit nach draußen, während Els nach einem Block und Stift kramt und ihr dann auf die Bank vorm Haus folgt.

„Gestern war meine Enkelin Lina hier und hat mich gefragt, ob sie ihr bei einer Hausaufgabe helfen kann. Jeder Schüler muss zu einem anderen Thema aus dem früheren Landleben einen Aufsatz schreiben und Lina soll über Stellung und Aufgaben von Stavener, Hufner usw. referieren. Heute kennt man diese Begriffe ja kaum noch. Du hast doch mehr Ahnung davon, Johanna."

„Ja, da kann ich wohl helfen". Johanna ist begeistert, dass sie ihr Wissen an die Jugend weitergeben kann. „Also lass mich kurz überlegen." Nach einer kleinen Denkpause sprudelt es aus ihr heraus.

„Staven hatten das Sagen, sie bildeten den Dorfadel, nur sie waren berechtigt, an der Kommunalverwaltung teilzunehmen, und nur sie konnten Kommunalbeamte, Bauernvögte, Achtmänner, Kirchen- und Deichjuraten sowie Beisitzer des Bodengerichts werden. Stavenbesitz war das Maß aller Dinge.

Nicht so hoch gestellt waren die Freibonden, sie mussten gehorchen, waren häufig wohlhabend, aber es gab einen unüberbrückbaren Abstand zu Stavenern. Sie saßen nicht am selben Tisch und durften keine Stavener heiraten.
Kätner durften den Mund überhaupt nicht aufmachen. Nach ihnen sind die Kleinsthäuser, die Katen, benannt.

Und dann gab es noch die Lansten, in anderen Regionen auch Insten oder Freisteller genannt, sie waren die unterste Schicht der land- und besitzlosen Bewohner. Sie standen ganz unten auf der sozialen Leiter und wurden von Stavenern überhaupt nicht wahrgenommen.

Als letztes fallen mir die Hufner ein, sie bildeten die Bauernschaft. Ackerflächen, Wiesen, Weiden und Moore wurden von allen Hufnern gemeinschaftlich bewirtschaftet. Die Hufe ist ein altes Flächenmaß, das eine landwirtschaftliche Fläche bezeichnete, die mit einem Pflug bestellt werden konnte und demnach der Arbeitskraft einer Familie entsprach. In Norddeutschland bezeichnete die

Hufe eine Bauernstelle, die vom Landesherren, zum Beispiel dem Bischof, in Erbpacht vergeben wurde. [9]
Hast du mitgeschrieben, Els? Damit müsste Line eine guten Aufsatz hinbekommen."

Hans steht vor ihnen. „Komm, Johanna, wir müssen jetzt nach Hause. Morgen könnt ihr ja weiter klönen!"

Julius Fürst, Kornernte, um 1895

---

[9] „Chronik der Landschaft Stapelholm" von Willers Jessen, 1950

Die Geburt

An diesem Spätsommertag ergießt der Himmel sein Wasser in unglaublichen Mengen auf die Erde, so, als hätte da oben jemand den Hahn zu weit aufgedreht. Ratlos und hilflos schaue ich zu den Hunden, während ihre Blicke eher erwartungsvoll scheinen, denn normalerweise sind wir um diese Zeit draußen in der Niederung unterwegs. Unruhig laufen sie in der Wohnung umher, ein Zeichen, dass sie dringend in die Natur müssen.

Widerwillig krame ich die Regenklamotten hervor und bin bald, ganz in Blau, von oben bis unten wetterfest eingepackt. Bei solch einem Schietwetter bevorzuge ich, mit dem Auto raus Richtung Treene zu fahren, das spart den Weg durchs Dorf, es geht einfach schneller. Erfahrungsgemäß haben auch die Hunde bei dem Wetter keine Lust auf lange Spaziergänge und so ist es auch heute, das Gassi gehen dauert keine Viertelstunde.

Auf der kurzen Fahrt nach Hause halte ich abrupt an. Auf einer Weide, wo seit längerem vier offensichtlich trächtige Kühe grasen, liegt eine Kuh seltsam auf der Seite, bewegungslos wie mir scheint, im immer noch strömenden Regen. Was Tiere angeht, bin ich ein richtiges Sensibelchen, denn sie können uns doch höchstens mit Lauten oder untypischem Verhalten sagen, dass es ihnen nicht gut geht, sie von Schmerzen geplagt sind. Aber diese Kuh liegt da, als wäre sie tot, jedenfalls scheint es mir aus der Entfernung so zu sein.

Während ich noch überlege, wem ich meine Beobachtung mitteilen könnte, sehe ich, wie die Kuh ihren Kopf hebt. „Sie lebt...dem Himmel sei Dank!" jauchze ich laut durchs Auto. Die pitschnassen Hunde bellen los, als würden sie sich über diese Nachricht freuen, wollen aber vermutlich nur nach Hause, raus aus dem engen Auto.

Und nun erkenne ich die eigentliche Ursache des seltsamen Verhaltens der Kuh. Sie ist am kalben, ich kann einen Kopf erkennen, ihr Pressen drückt das junge Leben immer weiter aus ihrem Leib. Ich kann mich nicht losreißen von diesem Anblick und steige aus, laufe zur Einzäunung der Weide, es regnet immer noch in Strömen, und in die Regentropfen, die über mein Gesicht laufen, mischen sich Freudentränen.

Eine gefühlte Unendlichkeit später liegt das Kälbchen auf der Wiese, hebt den Kopf und versucht, gerade vor ein paar Minuten auf die Welt gekommen, sich auf die wackligen Beine zu stellen. Die Mutterkuh steht auf, als wäre überhaupt nichts Besonderes geschehen, wendet sich ihrem Kalb zu und leckt es trocken. Die anderen drei Kühe, die die ganze Zeit in der hinteren Ecke der Weide standen, kommen näher, als würden sie den Nachwuchs begutachten und ziehen weiter.

„Was wird wohl aus dem Kalb werden?" frage ich mich. „Was hat der Besitzer für seine Zukunft vorgesehen, wird es noch ein paar Tage bei der Mutter bleiben können, werde ich es morgen wieder sehen?"

Wieder mischen sich Tränen mit den Regentropfen, aber es sind keine Freudentränen mehr.

Die Teufelsschnur

Wenn sich im Altweibersommer im zarten Schein der tiefstehenden Sonne die Nebelschwaden auf das Land legen, trägt die Teufelsschnur zu einer ganz besonderen Stimmung bei.

Spinnen haben ihre Netze zwischen dem Draht, den Holzpfosten und trockenen Halmen gespannt, Wolle von Rindern oder Schafen hat sich darin verfangen. Diese gespenstisch anmutende Szenerie würde ohne den Stacheldraht so bizarr nicht zustande kommen.

Bei Licht betrachtet ist Stacheldraht jedoch ein äußerst hässliches und gefährliches Produkt. Es besteht aus miteinander verflochtenen Drähten, die in regelmäßigen Abständen mit meist rostigen Drahtspitzen besetzt sind, erfunden von einem Amerikaner und 1873 patentiert zum Zwecke der Einzäunung von Rinderweiden. Als man den Draht auch dazu verwendete, die Indianer aus ihren Gebieten zu vertreiben, auszusperren, nannten diese ihn Devil`s Rope, die Teufelsschnur.[10]

Zwischen Pfosten spannt man den Draht bis zu drei Mal, Kilometer um Kilometer umzäunt er Weiden, Wiesen, Wege und Deiche. Ein Spaziergang in die Natur oder zum Deich kann uns abrupt stoppen, wenn unser Weg unerwartet vor einem Stacheldrahtzaun endet, und uns zwingt, den Weg, den wir gegangen sind, wieder zurück zu gehen.

Wehe, wir wissen nicht, wo sich ein Zugang über den Deich befindet, dann bleibt uns nichts anderes übrig, als den Weg entlang der Teufelsschnur zu gehen, ohne das Meer oder den Fluss sehen zu können.

Kommt man dem meist rostigen Stacheldraht zu nahe, läuft man Gefahr, sich die Kleider zu zerreißen und sich zu verletzen. Und so bleibt uns nichts anderes übrig, als auf den uns vorgegebenen Wegen zu bleiben.

Unser ausgeprägtes Gefühl von Freiheit wird auf unserem Spaziergang durch die Natur plötzlich eingeschränkt von einem Symbol für Gefangenschaft und

---

[10] wikipedia.de

Unfreiheit. Stacheldraht findet doch eigentlich Verwendung in Kriegen, bei der Sicherung von Gefängnissen oder Grenzanlagen. Panzer wurden zunächst nur deshalb erfunden, um mit ihnen den Stacheldrahtverhau im Schlachtfeld zu durchbrechen. Eine Briefmarke führte uns 1953 zum Gedenken an deutsche Kriegsgefangene den Stacheldraht vor Augen.

Aber hier und heute gibt es das alles nicht – keinen Krieg, dem Himmel sei Dank, und auch keine Grenzanlagen.

Warum also wird immer noch Stacheldraht gespannt? Empfinden Rinder und Pferde es als angenehm, sich an ihm zu scheuern, weil es kaum noch Scheuerpfähle und Baumbestand auf den Koppeln gibt? Das wäre eine Erklärung.

Sommersonnenwende

Sommer, Sonne, Ferienzeit. Die Norderstapeler Kinder scharen sich an der Badestelle und vergnügen sich ausgelassen im angenehm warmen Wasser. Vom Steg geht es mit Hechtsprung oder Bauchklatscher hinein und mit Wasserball und Wettschwimmen vergeht die Zeit im Nu. Für die Kleinsten teilt ein langer Stamm, über stabile Pfosten im Grund verankert, das Ufer vom tiefen Wasser, Planschen und erste Schwimmübungen sind hier ohne Gefahr möglich. Ein Erwachsener ist immer dabei, denn die Eltern wechseln sich ab, sie haben einen Plan erstellt, wer wann und wie lange die Badeaufsicht übernimmt.

Die Badestelle liegt an der Treene, wir schreiben das Jahr 1935. Der Deich ist nicht so hoch wie heute, der Badebereich mit Zäunen eingefasst. Ein geräumiges Haus mit reetgedecktem Dach ist in zwei Umkleidekabinen aufgeteilt worden, eine für Jungs und eine für Mädchen und steht höher am Deich. Die Türen der Mädchenkabine sind mit Löchern übersät, aber die Mädchen sind schlau, über Haken hängen sie innen ein großes Handtuch oder Kleidungsstück auf und sind vor den neugierigen Blicken der Jungs geschützt. Ein hölzerner Steg führt ins Wasser, denn der Grund der Treene ist moorig, um nicht zu sagen schlammig, nur am Uferbereich ist für die kleinen Kinder Sand aufgeschüttet, den man vom Twiebarg herangeschafft hat.

Im Schilf liegt ein Holzkahn, den ein Bauer zum Angeln nutzt, im Notfall kann er von den Badegästen zur Rettung benutzt werden, das ist zwischen Bootsbesitzer und Eltern so abgesprochen.

Die meisten Kinder sind zu Fuß hier. Der Holmthürweg führt aus dem Dorf ohne Umweg direkt an den Fluss, in 10 bis 15 Minuten haben sie die Treene erreicht. Der Weg wird nach dem 2. Weltkrieg im Volksmund „Kieler Landstraße" heißen, weil er mit Schutt aus Kiel befestigt wurde.

Heute, an diesem wunderbaren Sommertag, ist Sommersonnenwende, der längste Tag im Jahr, ein besonderer Tag, denn heute soll bis zum Sonnenuntergang am Ufer der Treene mit einem großartigen Fest der Sommer begrüßt werden.

Einige Väter sind bereits damit beschäftigt, eine kreisrunde Stelle mit Steinen auszulegen und Holz aufzuschichten, um alles herbei zu schaffen, sind sie mit dem Pferde-Fuhrwerk gekommen. Bauer Lenz, dem der Kahn gehört, war am Abend vorher zum Angeln auf dem Fluss und hat den Fang in seiner Reuse im Fluss gelassen, denn heute soll der Fisch gegrillt werden. Fleisch und Kartoffeln liegen auch schon bereit. Ebenfalls mit Pferd und Wagen und in bester Stimmung kommen gerade drei Männer aus der hiesigen Musikkapelle an, ihr Spiel auf Horn, Trompete und kleiner Trommel hat man schon von Weitem gehört.

Das Grillfeuer ist entfacht, ein Gestell kann wahlweise einen Rost für das Fleisch oder einen Spieß für den Fisch aufnehmen, ein großer Holzstapel liegt zum Nachlegen bereit. Während sich die Männer um das Feuer und das Grillgut kümmern, schaffen die Frauen körbeweise Getränke heran, selbstgemachte Säfte für die Kinder, einen großen Topf mit Erdbeerbowle, Bier und Korn.

„Überraschung!" Els und Adele schleppen einen weiteren großen Topf zur Feuerstelle, „die Wiensupp muss zuerst aufs Feuer."
Wiensupp ist eine Festtagssuppe aus alter Zeit. Schmackhaft mit Graupen, Rosinen, Weißwein, Zimt und Zucker zubereitet hat sie ihren Ursprung auf Eiderstedt.

„Kinder, zieht euch jetzt was Wärmeres an, packt die nassen Sachen und Handtücher zusammen und bringt das alles zum Wagen, damit wir nachher nichts vergessen." Eine Fanfare mit der Trompete unterstreicht die Dringlichkeit.

Jetzt geht alles sehr schnell. Die Sonne steht im Westen immer noch über dem Horizont und taucht die Treene in rötliches Licht. Der Suppentopf steht auf dem Feuer, Teller werden verteilt, die Frauen haben sich im Gras niedergelassen, die Kinder hocken mit baumelnden Beinen auf dem Steg, die Männer stehen mit Bierflaschen in der Hand um das Feuer herum, einer rührt die Suppe um, Fisch und Fleisch liegen auf einer großen Holzplatte zum Grillen bereit. Margret rührt die Bowle um und gießt anschließend Gläser voll.

„Kinder, nehmt euch Saft, es ist genug davon da."

„Kommt mal mit euren Tellern, die Suppe ist heiß."

„Die Löffel liegen da drüben."

„Ich mag keine Suppe."

„Kann mir mal jemand sagen, wo ich ein Messer zum Brot schneiden finde?"

„Oma Minchen, wir haben dir einen Stuhl mitgebracht, komm setz dich. Möchtest du noch einen Teller Suppe?"

„Mama, ich muss mal!"

„Sieh mal, die Sonne ist ein roter Ball und die Schäfchenwolken leuchten gelborange."

Kunterbunt und lautstark geht es am Flussufer der Treene zu, die Musikanten übertönen alles mit dem Stück *Ach du lieber Augustin,* inzwischen ist der nächste Gang, gebratener fangfrischer Fisch, bereit zum Verzehr.

Ursel und Werner schwingen auf dem Steg, zwischen den Kindern, das Tanzbein. „PLATSCH" Werner ist aus dem Gleichgewicht gekommen und liegt wie ein Maikäfer auf dem Rücken, mit Armen und Beinen strampelnd, neben dem Steg im Wasser, das hier ja nicht tief ist.

„Brauchst du Hilfe?" fragt Ursel scheinheilig. Sie würde garantiert nicht ins Wasser gehen, denn erstens kann sie nicht schwimmen und zweitens hat sie seit dem letzten Hochwasser, als die Treene durch das Haus ihrer Eltern drang und sie gerade noch rechtzeitig zu dem höher gelegenen Hof der Großeltern flüchten konnten, panische Angst vor dem nassen Element.

Werner schwimmt schnell mal quer durch die Treene, damit der Sand aus seinen Sachen gespült wird, kommt pudelnass zurück, und ist froh, dass Ursel inzwischen ein Handtuch für ihn geholt hat. Die Kinder quietschen immer noch vor Lachen über den Absturz von Werner.

Ohne weitere Zwischenfälle genießt die immer fröhlicher werdende Runde die Köstlichkeiten vom Grill und aus der Flasche. Von den Musikanten hört man erste falsche Töne und einige Kinder liegen bereits etwas abseits vom Trubel schlafend in Decken gewickelt. Werner legt Holz nach und bleibt in der Nähe des Feuers, um seine Kleidung zu trocknen, die Bowle ist längst alle und die Sonne versinkt am Schwabstedter Glockenturm hinter der Geest.

Es dauert noch eine ganze Weile, bis es dunkel ist. Inzwischen sind alle bis auf die drei Musikanten nach Hause gefahren, morgen wollen sie wieder kommen und aufräumen.

In warme Decken gewickelt, ihre Instrumente im Schoß, sitzen Piet, Hein und Hannes mit dem Rücken ans Badehaus gelehnt im Gras. Die Sterne funkeln, hoch über ihnen stehen der Große Wagen und im Norden der Polarstern und Kassiopeia. Ihre Unterhaltung wird spärlicher, etwas dösig im Kopf von Bier und Korn fallen ihnen immer wieder die Augen zu.

Ein Trommelwirbel durchbricht die nächtliche Stille.
„Seht doch nur, dieses Leuchten am Himmel über der Geest hinter dem Fluss! Rote Strahlen, als würden sie von der Erde in den Himmel gejagt und dabei ausfransen."
Piet und Hein blicken kopfschüttelnd in die Dunkelheit, dann zu Hannes. „Du spinnst, hast wohl zu viel getrunken."
Die Lichterscheinung ist verschwunden, nur die Sterne funkeln weiter.

Norderstapel – ein Haufendorf

Über das frühe Norderstapel gibt es nicht viel zu berichten, wie bereits eingangs erwähnt, hat erst Johann Adrian Bolten uns einen Abriss seiner Zeit bewahrt. Demnach bestand Norderstapel im Jahre 1760 aus 109 Häusern, die von 487 Menschen bewohnt waren.

Gepflasterte oder geteerte Straßen, wie wir sie heute kennen und gewohnt sind, gab es nicht. Als sandige Wege durchzogen die Straßen das Dorf, Regen verwandelte sie in Schlammpisten und von den Höfen, die an der Geest und damit erhöht lagen, lief die Jauche auf die Straßen, denn Jauchegruben wurden erst viel später vorgeschrieben.

Um 1850 war Norderstapel ein Haufendorf mit etwa 650 Einwohnern, unplanmäßig bebaut mit unregelmäßigen Grundstücksgrundrissen und unterschiedlich großen Höfen.

Aus den Kleinsthäusern, den Katen aus der frühen scheunenlosen Zeit des Mittelalters, schmal und lang und quergeteilt mit separaten Scheunen, waren stattliche Bauernhäuser geworden, meist als Sachsenhaus erbaut. Der First lag bei diesem Haustyp immer in Ost-West-Richtung, die Wohnerweiterung erfolgte sonnenrecht nach Süden und Anbauten meist im Winkel.

Ein Bauernhaus bestand früher aus 5 wesentlichen Bereichen:

Die Grootdeel (Diele)
Hier parkte der Pferdewagen oder später der Traktor. Von hier ging es zum Wohnbereich und zu den Stallungen.

Die Küche
Sie war sehr geräumig und bot Platz für die ganze Familie. Am großen Tisch wurde gegessen, Gemüse geputzt, das geschlachtete Huhn ausgenommen und der Kuchenteig gerührt. Der Herd war ein Kohleofen und in der Küche war es immer schön warm.

Die Stube

Die Wohnstube lag nahe bei der Küche. Häufig gab es auch noch eine Gute Stube, sie wurde meist nur an Feiertagen und zu besonderen Anlässen genutzt und beheizt, wenn das gute Geschirr aus der Vitrine geholt und die feine Tischdecke aufgelegt wurde. Für große Feste richtete man die Diele, die Grootdeel, her.

Die Schlafstube

Davon gab es ein bis zwei, je nach Anzahl der Kinder. Manch Bauernhaus hatte statt der Schlafstube Alkoven, nichts anderes als ein in die Wand gebautes und mit Türen verschließbares Bett, allein durch die Enge der Schlafkammer war es im Alkoven wärmer als in der Schlafstube.

Das Backhaus

Nur die größeren Höfe hatten außerhalb ihres Hauses einen eigenen Backofen, häufig gab es jedoch in den Dörfern einen Gemeinschaftsbackofen, der bereits im Mittelalter weit verbreitet war.

Zuerst wurde der Kuchen, danach die Brotlaibe gebacken, und im Herbst wurde die Restwärme noch zum Trocknen von Obst (Pflaumen, Äpfel und Birnen) genutzt.

Heute ist Norderstapel zwar immer noch ein sogenanntes Haufendorf, aber inzwischen auf etwa 800 Einwohner angewachsen. Häufig wurde die Landwirtschaft aufgegeben und die Stallungen nicht mehr benötigt. Für die Besitzer der alten Höfe stellte sich die Frage nach Abriss, Verkauf oder Modernisierung, was einen immensen Aufwand an Kosten, Idealismus und Zeit erfordert. Dass diese alten Hausformen mit ihren wunderschönen Reetdächern als Kulturdenkmale erhalten werden sollten, haben wir Menschen zu spät erkannt. Vieles wurde abgerissen und ist unwiederbringlich verloren.

Haus Jöns

Wenn uns die Bauernhäuser doch nur ihre Geschichte erzählen könnten. Was mag innerhalb ihrer Mauern alles über die Jahrhunderte geschehen sein. Hochzeiten, Geburten, Todesfälle, neue Besitzer – niemand hat es aufgeschrieben. Um etwas über die Gebäude zu erfahren, durchstöbern wir Archive, suchen nach alten Fotos und fragen den alten Leuten Löcher in den Bauch.

Steht das Haus unter Denkmalschutz, ist meist auch mehr darüber bekannt, denn Experten untersuchten das Mauer- und Ständerwerk, die Balken und verbauten Steine. Und mit Hilfe der modernen Technik können die Materialien ziemlich genau rückdatiert werden.

Im 16. Jahrhundert gab es einen regelrechten Bauboom in den Dörfern, so auch in Norderstapel. Man brauchte dazu unter anderem Steine, Holz für das Ständerwerk und Dachbalken, und ein großes Tor (Grotdör), damit der Heuwagen einfahren konnte. Für das Dach nahm man Stroh, also Reet, das zu den ältesten Baumaterialien der Menschheit gehört. Der Wohnbereich war klein. Viel wichtiger war der Wirtschaftsteil mit Platz für das Vieh, Vorräte, Futtermittel und Brennmaterial, die Grundlagen zum Leben.

1536 wurde Haus Jöns in diesem für die Gegend typischen Stil erbaut. Keine 100 Jahre später wurde es vergrößert, wahrscheinlich war es zu klein geworden. Im Inneren befanden sich jetzt 2 heizbare Stuben, eine Küche, eine Kammer, und im Wirtschaftsteil war Raum für 2 Pferde, 3 Kühe, 2 Stück Jungvieh sowie ein paar Schweine und Schafe.
So ging das immer weiter, bis es 1875 zu einem stattlichen Bauernhaus heran gewachsen war. Seitlicher Stallflügel und die Außenwände waren durch neue Brandmauern auf einem Sockel aus sorgfältig behauenen Granitquadern ersetzt. Die vordere Giebelseite und die vom Wohnteil war neu gestaltet worden mit vergrößerter Grotdör mit korbbogig gemauertem Sturz, und der Innenbereich hat ebenfalls Umbauten erfahren. 60 Jahre später schaffte ein kurzer übergiebelter Anbau an der Südseite mehr Wohnraum.[11]

---

[11] „Die Bauernglocke" herausgegeben vom Förderverein Landschaft Stapelholm e.V.

Dann begann ein großer Wandel durch technischen Fortschritt, geänderte Ansprüche, neue Materialien, berufliche Veränderungen, Massentierhaltung und Kinder, die auszogen in die große weite Welt. Die Bauernhäuser wurden zu klein für den größeren Viehbestand, oder der Wirtschaftsteil wurde nicht mehr benötigt. Häufig fehlte das Geld für Umbauten, denn es war alles teurer geworden. Und so verfielen viele der alten Häuser – auch Haus Jöns. Um 1988 war es in einem sehr schlechten baulichen Zustand.

Zu dieser Zeit war bereits ein anderer Prozess in Gang. Es war schon viel zu viel des alten ursprünglichen Baubestandes abgerissen worden. Baukultur nannte man das Umdenken und einige engagierte Menschen setzten sich für den Erhalt des Hauses ein.
Der Weg dort hin war nicht einfach. Mittlerweile schrieben wir das Jahr 1991. Im Gasthof saß der Gemeinderat zusammen und diskutierte über Haus Jöns, das von seinem Besitzer verkauft werden sollte, im Klartext hieße das Abriss. Einige Bürger und Gemeinderats-Mitglieder hatten den Vorschlag gemacht, das Haus von der Gemeinde kaufen zu lassen, aber die meisten waren dagegen. „Wir geben doch keine Zigtausend Mark für die alte Bruchbude aus."

Immer wieder saßen die Männer zusammen, suchten nach einer Lösung, durchleuchteten die Förderprogramme, holten Fachleute hinzu und diskutierten die Nutzungsmöglichkeiten.

Es gab ein happy end. Die Gemeinde kaufte das Haus und unter Inanspruchnahme von Fördermitteln wurde das Anwesen saniert. Es folgte die feierliche Eröffnung von Haus Jöns als kulturelles Zentrum von Norderstapel, den ehemaligen Wohntrakt nutzte ab sofort ein Verein, und es entstand eine Mietwohnung. Das Bauernhaus wurde für nachfolgende Generationen und als Denkmal Stapelholmer Baukultur bewahrt.

Das Engagement der Gemeinde wurde belohnt durch die Auszeichnung als *Schönes Reetdachhaus* in der Kategorie *Wirtschaften unter Reet* durch den Schleswig-Holsteinischen Heimatbund.

Wie mag wohl die Geschichte des wunderschönen Haus Jöns fortgeschrieben werden, an dem sich die dörflichen Vereine so erfreuten? Wo werden sich künftig die die Kartenspieler zu ihren Doppelkopf-Nachmittagen treffen, die Arbeitsgruppe Chronik ihre beliebte und ständig wechselnde Fotogalerie präsentieren?

Denn die Gemeinde beabsichtigt, das alte Bauernhaus Jöns verkaufen...

Der Nachtwächter

Mitten in der Nacht wachte Hannah von einem gruseligen Traum auf. Sie war verstört, Tränen liefen ihr über die Wangen und mit dem Betttuch wischte sie sich die Schweißperlen von der Stirn. Ängstlich schaute sie sich um. Der Vollmond warf einen schwachen Schein durch die Gardinen, die dunklen Möbel und der mächtige Schrank warfen Schatten, die gespenstisch und bedrohlich auf das kleine Mädchen wirkten. Hannah zwickte sich in den Arm, war das möglicherweise immer noch der schreckliche Traum?

„Aua!" Das war kein Traum mehr, verweint und mit zitternden Beinen krabbelte sie aus dem Bett, ohne ihren kleinen Bruder zu wecken, wollte Trost bei Mama finden, riss die Decke auf dem breiten großen Bett der Eltern zurück und schrie auf. Das Bett war leer!
Der böse Traum war vergessen. In Küche und Stube suchte sie, dann lief sie zur Diele, in den Stall, zur Vorratskammer. Mama und Papa waren nicht da!

Hannah hatte nur ihr Nachthemd an, barfuß lief sie aus dem Haus und durch das Dorf, als der Nachtwächter sie entdeckte.
„Hannah, was machst du denn hier draußen, es ist spät, dunkel und kalt, und du hast nur ein Nachthemd an."
Hannah war den Tränen nahe und stammelte nur „Mama...Papa..."

Der Nachtwächter machte ab Einbruch der Dunkelheit seine Runden durchs Dorf. Brannte nachts noch Licht in einem Haus, klopfte er an der Tür oder ans Fenster, und fragte ob alles in Ordnung sei. Er kannte jeden im Dorf und alle kannten ihn und schätzten seine Aufmerksamkeit.

Seine Stellenbeschreibung mag sich ungefähr so gelesen haben,...nachts durch die Straßen gehen und für Ruhe und Ordnung sorgen, schlafende Bürger vor Feuern, Feinden und Dieben warnen, das ordnungsgemäße Verschließen der Haustüren kontrollieren, die Stunden ansagen, verdächtige Personen, die nachts unterwegs sind, anhalten, befragen und notfalls verhaften.

Zur typischen Ausrüstung eines Nachtwächters gehörten Stange, Laterne und Horn, häufig auch ein Hund. Sein Lohn hingegen war sehr bescheiden. Als Friedrichstadt im Jahre 1892 den Posten des Nachtwächters neu zu besetzen hatte, las man im Zeitungsinserat von einem Gehalt von 1,50 Mark pro Nacht und dazu gab es alle 3 Jahre einen neuen Dienstmantel.

Als im Februar 1892 der Norderstapeler Nachtwächter Otzen von einem Landmann körperlich misshandelt wurde, urteilte das Gericht hart. Der Landmann wurde zu einer Geldstrafe von 10 Mark, alternativ 2 Tage Gefängnis, und zur Übernahme der Kosten des Verfahrens verurteilt.[12]

Die Dorfbewohner schätzten auch die Hilfsbereitschaft des Nachtwächters sehr. Wenn eine Kuh so weit war zu kalben, oder ein Fohlen geboren werden sollte, dann bat ihn der Bauer, ob er auf seinem Rundgang mal in den Stall schauen könne. Und wenn er dann feststellte, dass die Geburt einsetzte oder etwas nicht in Ordnung war mit den Tieren, sagte er sofort beim Bauern Bescheid, auch mitten in der Nacht.

Seit dieser Nacht gehörte es auch zu seinen Aufgaben, verloren gegangene Eltern zu suchen. Dem Nachtwächter kam eine Idee. Bei seinem letzten Rundgang hatte er in der Meierei mehrere Leute in vergnüglicher Runde beisammen sitzen sehen, er hatte nicht darauf geachtet, aber vielleicht waren Hannahs Eltern ja auch dabei.
Und so nahm er die kleine Hannah an die Hand und lief mit ihr zur Meierei. Und tatsächlich, ihre Eltern saßen mit in der Runde. Energisch klopfte er an das Fenster, bis ihn jemand aus der fröhlichen Runde wahr nahm und die Tür öffnete. Welch ein Schreck durchfuhr Hannahs Eltern, als sie den Nachtwächter mit ihr an der Hand eintreten sahen. War etwas Schreckliches geschehen?

Hannah weinte jetzt vor Freude und stammelte schluchzend „böser Traum ... aufgewacht ... Mama und Papa suchen ...“

Das Kind musste dringend wieder ins Bett, denn der kleine Körper war eiskalt. Mama wickelte sie in ihr großes gehäkeltes Tuch, dass sie auf dem Weg zur

---

[12] „Die Bauernglocke“ herausgegeben vom Förderverein Landschaft Stapelholm e.V.

Meierei um ihre Schultern getragen hatte, dann nahm Papa sie auf den Arm und eilig verabschiedeten sie sich, bedankten sich herzlich beim Nachwächter und eilten nach Hause.

Als sie das Mädchen ins Bett packten, schlief es bereits selig.

Carl Spitzweg, Der Nachtwächter, 1871

Vor dem Dorffest

Ein typisches Dorffest muss natürlich rechtzeitig im Voraus geplant werden. Dazu setzen sich die Mitglieder der Gemeindevertretung, des Sport- und Kulturausschusses und die Vorsitzenden der Vereine (das jährlich stattfindende Fest heißt nicht umsonst *Fest der Vereine*) an einen Tisch. Als erstes muss sich auf den Termin geeinigt werden unter Berücksichtigung von Feiertagen und Ferien, auf jeden Fall muss er in die warme Jahreszeit fallen.
Der nächste Schritt ist das Programm.

Nun kommen die wichtigsten Punkte auf den Tisch. Wer steht am Grill und brutzelt die Würstchen, wer backt die Kuchen, wer spült Geschirr, wer übernimmt den Getränkeausschank, und wer spielt die Musik.
„Wir machen es wie im letzten Jahr, oder?"
Alles wie gehabt. Detailliert werden die Namen der Verantwortlichen und die Zeiten ins Protokoll aufgenommen.

Auf- und Abbau von Zelt, Tanzboden und Biertheke ist schnell abgehakt und ebenfalls protokolliert. Die Tanzgruppe gibt ihre Zusage für eine Aufführung am Nachmittag und für den Losverkauf der Tombola stellt sich Hauke zur Verfügung. Die Hüpfburg wird wieder gemietet und die Freiwillige Feuerwehr stellt sich für Wasserspiele, Bierkästen stapeln und Rundfahrten mit dem Feuerwehrauto zur Verfügung.
„Der Bestand an Geschirrtüchern muss aufgestockt werden!"
Umgehend wird dieser wichtige Hinweis ins Protokoll übernommen.

Der letzte Punkt auf der Tagesordnung lässt sich nicht lösen, jedenfalls nicht heute – wer übernimmt die Reinigung des Toilettenwagens. Als diese Frage durch den Saal des Gasthofs einem Donnergrollen gleich hallt, herrscht plötzlich Stille im Raum. Die Begeisterung der Dorffest-Planung mit Durcheinanderplappern und frohgelaunter Diskussion weicht bei allen Anwesenden einem verstörten Blick an die Decke mit hängenden Mundwinkeln. „Meldet sich jemand freiwillig?" Der Satz durchschneidet wie ein Schwert die inzwischen etwas stickige Luft im Saal.

Es herrscht weiterhin Grabesstille. Dann endlich meldet sich Jytte zu Wort, leise und zaghaft, und doch in unüberhörbarem keine Diskussion zulassenden Tonfall.

„ICH habe das letztes Jahr gemacht, dieses Mal ist jemand anderes dran."

Stille.

Dem Bürgermeister tritt der Schweiß auf die Stirn.
„Wir finden eine Lösung. Ich beende hiermit die Sitzung."

Erleichterung, die Blicke gehen wieder in die Runde, die Mundwinkel wieder nach oben, Bier wird bestellt, in kleinen Grüppchen wird plötzlich lautstark über das Thema Kloreinigung diskutiert, und alle sind sich einig, dass auch das kommende wieder ein tolles Dorffest wird.

Sonntagvormittag an der Treene

Blauer Himmel, Sonnenschein, und der Wind hat sich nach den letzten stürmischen Tagen und gefühlten null Grad zu einem Lüftchen reduziert, daher ist es heute angenehm mild. Es ist der 26. Februar und man ahnt den nahenden Frühling. Winterlinge in leuchtendem Gelb und Krokusse in verschiedensten Farben sind erblüht und beleben Gärten und Wegesränder. In wenigen Tagen ist meteorologischer Frühlingsanfang.

Ich mache mich auf zur Treene, begleitet von meinen Hunden. Die beiden Mischlingshunde in Zwergengröße laufen zur Höchstform auf, ihre Lebensfreude ist unübersehbar, als ich sie am Weg in die Marsch von der Leine lasse. In einer alten Karte von 1877 trägt die Straße den Namen Holmthürweg.

Zum ersten Mal nach der langen winterlichen Kälteperiode spüre ich die wärmende Sonne auf meinem Rücken und verlangsame meinen Schritt. Es ist Sonntag und ich habe alle Zeit der Welt, um diesen wunderbaren Tag bei einem ausgedehnten Spaziergang zu genießen.

Vor mir liegt die Treene, nur ein Stacheldrahtzaun und der Deich trennen mich von ihr. Um auf den Deich und an den Fluss zu gelangen, sind in regelmäßigen Abständen hölzerne Übertritte angelegt worden, aber durch den Stacheldraht ist ein Übersteigen immer mit dem Risiko verbinden, sich die Kleider zu zerreißen. Wenigstens hat an dieser Stelle jemand den obersten Draht des Zaunes mit einem Stück Gummi ummantelt, ein kleiner Schutz vor den rostigen Drahtspitzen.

Schade, dass der Deich von den Kühen zertrampelt ist, die bis in den Herbst die Deichpflege übernehmen. Unter Deichpflege versteht man das für den Deich schonende Rasenmähen durch Schafe, an der Nordsee wird das auf diese Weise praktiziert und ermöglicht ausgedehnte Spaziergänge entlang der Küste. Warum um Himmelswillen wird Anwohnern und Touristen dieses Freizeitvergnügen so erschwert? Außerdem wäre es toll, wenn hier eine Bank stehen würde. Eine einfache Holzbank, wie sie an einigen Wegen zu finden ist, wäre doch ausreichend.

Zwischen mehreren Weiden am Ufer ist ein Kahn festgemacht, die Besitzer haben ihn wohl vergessen, denn er ist im Winter nicht aus dem Wasser gekommen. In entsprechend schlechtem Zustand liegt er nun da, voll mit Wasser und lieblos mit einer Schnur am Baum angebunden.

Diese Stelle am Fluss soll in den 1930er Jahren eine schön angelegte Badestelle gewesen sein, heute bin ich geneigt, sie als Schandfleck zu bezeichnen. Die Idylle von leise plätscherndem Wasser und den alten Weiden, die beim Hochwasser zu Jahresbeginn noch tief im Wasser standen, wird getrübt von einem zwischen den Bäumen gespannten Geflecht aus Stachel- und Maschendraht. Latten und Metalltore, ursprünglich wohl zum Schutz und als Zugang zu den Booten eingerichtet, hängen windschief und provisorisch befestigt im Draht, der um die Stämme der Weiden gewickelt ist. Eine Kette schneidet tief in die Rinde eines Baumstumpfes. „Man sollte es als moderne Kunst sehen", geht mir durch den Kopf.

Während ich noch über die nicht vorhandene Bank und Stacheldraht sinniere, lasse ich mich auf dem kaputten Bootsrand nieder und schaue den Hunden zu, wie sie in ständigem Wechsel zwischen Deichkrone und Ufer hin und her rennen. Der Pegel der Treene ist zwar nach dem Winterhochwasser wieder gesunken, man kann wieder den eigentlichen Flusslauf erkennen, aber die Ufer stehen noch ganz schön unter Wasser. Die Hunde haben das zu spät erkannt, ihr Wettrennen unterbrochen, und stehen gerade etwas erschrocken bis zum Bauch im Wasser. „Blöd, wenn man so kurze Beine hat!" rufe ich lachend den Hunden zu.

Übrigens kommt die Treene südlich von Flensburg aus dem Treßsee und erreicht nach 73 km in Friedrichstadt die Eider. Sie gilt als einer der schönsten Flüsse Schleswig-Holsteins und als einer der saubersten Flüsse in Deutschland.

Von Dieter habe ich einiges über die Treene-Fische erfahren. Die häufigsten Fische in der Treene sind die Weißfischarten wie Rotaugen, Rotfedern und Brassen (sie haben alle sehr viele Gräten). Seltener sind Karpfen, Schleien, Hecht, Barsch, Zander und der Aal, früher als *Brotfisch* bekannt. Die Treene ist aber auch ein bekanntes Meerforellengewässer, sogar Welse von 160 cm sind gefangen worden. Die Fischer im Nachbardorf Wohlde haben ein uraltes Recht, in der Treene mit Netz und Reuse zu fischen, in der kalten Jahreszeit findet noch heute gelegentlich ein Gemeinschaftsfischen statt. Es werden Stellnetze aufgestellt und die Fische werden mit sogenannten Plümpern, das sind Hohlkörper an langen Stangen, aufgescheucht und in die Netze getrieben. Es werden hauptsächlich die grätenreichen Brassen gefangen. Das Fischfleisch wird mit Zwiebeln und Speck durch den Wolf gedreht und zu schmackhaften Fischfrikadellen verarbeitet.

Ich will weiter, in Richtung der alten Eisenbahnbrücke dem Flusslauf folgen. Zum Laufen wäre der Plattenweg besser, der parallel zum Fluss verläuft, aber ich möchte den Blick auf den Fluss jetzt nicht missen. So suche ich mir auf dem noch matschigen Deich Grasnaben zum Auftreten.

Eine Enten-Meute fliegt schimpfend auf, als sie die Hunde am Ufer bemerken. Immer wieder fliegen schnatternd Gänse über mich hinweg, und vom anderen Ufer dringt ein hämmerndes Geräusch herüber, als wäre ein Specht am Werk. Zwei Schwäne sind dicht über dem Wasser unterwegs in Richtung Schwabstedt, kurz darauf landet einen Schwanenfamilie auf dem Fluss, mit ihrem noch braun gefiederten Jungtier lassen sie sich von der Strömung treiben. Im Uferbereich vor mir erkenne ich einen Reiher, erst als ich ihm zu nahe komme, macht er sich auf ans andere Ufer.

Auf der anderen, der nordfriesischen Seite der Treene, hat eine Herde von etwa 40 Schafen die Deichpflege übernommen. Sie schauen zu mir herüber und rennen plötzlich los, als wüssten sie nicht, dass der Fluss ihnen Schutz vor mir und den Hunden bietet. Durch einen Zaun wird ihre Flucht gestoppt, dicht gedrängt bleiben sie stehen und rühren sich nicht mehr von der Stelle. Dumme Schafe.

Am Schöpfwerk muss ich zurück auf den Plattenweg und stelle fest, dass mir bis auf zwei Radfahrer bisher keine Menschenseele begegnet ist. Wo sind sie nur alle?

Dort, wo die Treene sich bei extremem Hochwasser in die Marsch ergießen kann, japsend, weil ich bei diesem wunderbaren Wetter viel zu warm angezogen bin, lege ich eine Pause ein. Hier hat man freien Zugang, ohne über Stacheldraht klettern zu müssen, bei Anglern ist diese Stelle sehr beliebt. Auch wenn es etwas unbequem ist, lasse ich mich auf der in den Boden eingelassenen Betonkante nieder, um die von dem beschwerlichen Deichspaziergang müden Beine auszustrecken.

Von hier ist es nicht weit zu einem moorigen Waldstück. Rehe äsen auf der Wiese, der Winter war für sie diesmal nicht so hart, und obwohl sie recht weit entfernt sind, kann ich erkennen, dass sie kräftig und wohlgenährt sind. Ab und zu sehe ich einen meiner Hunde auf der Deichkrone, sobald er sich versichert hat, dass ich in der Nähe bin, saust er wieder zurück ans Treeneufer.

Mein Blick beißt sich an einem Pfosten auf der Wiese fest, der nicht wie ein Zaunpfahl aussieht, denn er ist größer und steht auf einer leichten Erhebung einsam da. „Das kann nur ein Scheuerpfahl sein!" Mit diesem Satz, zu mir selbst gesprochen, denn es ist ja sonst niemand hier, springe ich auf. Die Wiese ist nass, das heißt, sie steht mehr oder weniger noch von dem vielen Regen des letzten Winters unter Wasser, unmöglich, nah genug an den Pfahl heran zu kommen, aber ich bin mir jetzt sicher, das ist ein Scheuerpfahl. „Warum bemerke ich den erst heute, ich bin doch schon unzählige Male hier entlang gelaufen!"
Das Vieh scheuert sich an ihm, verschafft sich Linderung vom Juckreiz, wo Klauen und Zunge nicht hin kommen. Der Scheuerpfahl trägt zu Wohlbefinden und Ruhe in der Herde bei. Dieser Gedanke stand im Vordergrund eines Kunstprojektes. Zwischen 1998 und 2000 standen in den Stapelholmer Wiesen Scheuerpfähle aus den unterschiedlichsten Materialien und in außergewöhnlichen Formen herum, geschaffen von Künstlern aus der Region. Oft habe ich mich gefragt, warum ich bisher keinen „Kratz- und Massagestab für Rinder" entdeckt habe.

An der ehemaligen Huder Fähre vorbei nähere ich mich der alten Eisenbahnbrücke. Spaziergänger und Radfahrer nutzen die Brücke – auf eigenes Risiko - als Abkürzung nach Schwabstedt. Durch die noch kahlen Bäume ist die Kirche, beziehungsweise der hinter der Kirche auf einem Hügel stehende Glockenturm zu erkennen. Von hier führt ein idyllischer Weg auf dem ehemaligen Bahndamm zurück nach Norderstapel.

Ich mache mich auf den Heimweg und begegne dann doch noch einem Menschen. Gerade als ich auf den Weg von der Treene Richtung Dorf einbiege, fährt Hannes aus Wohlde mit dem Auto an mir vorbei, hält an, sein Hund freut sich über die Begegnung mit meinen, und wir vertiefen uns in ein Gespräch über Flora, Fauna, die Dörfer und Hunde.

Mit der Fähre nach Hude

Über Jahrhunderte gab es keine andere Möglichkeit, einen Fluss zu überqueren, als mit einer Fähre, so war es auch mit der Treene. Sicher gab es hier und da eine Furt, aber ohne Pferd bekam man da mächtig nasse Füße.
Für die Norderstapeler Bewohner war die nächste Gelegenheit, auf die andere Seite der Treene zu kommen, die Huder Seilzug-Fähre. Bis 1972 war sie in Betrieb, dann wurde sie durch den Bau einer Brücke überflüssig, niemand wollte mehr mit der Fähre übersetzen, mit Auto oder Traktor über die Brücke ging es viel schneller.

Tine erzählte mir, dass während ihrer Kindheit ein reger Fährbetrieb herrschte. Viele Bauern hatten Ländereien auf der anderen Seite des Flusses. Feldarbeiter, Traktoren und Heuwagen waren so schnell über den schmalen Fluss transportiert. Die Preise für das Übersetzen waren niedrig, ein Fußgänger zahlte 30 Pfennig, ein Radfahrer 50 Pfennig und ein Wagengespann kostete 1Mark50.

Für Tine war es jedes Mal eine schöne Abwechslung von Schule, Feld- und Hausarbeit, wenn Oma sie mit nahm, um ihren Cousin in Hude zu besuchen. Sie durfte sich was Hübsches anziehen, Oma spannte das Pferd vor den Wagen und so fuhren sie vergnügt zur Anlegestelle.
Die Fähre fuhr bei Bedarf, es gab keinen Fahrplan. Lag die Fähre gerade auf der anderen Seite, rief Tine so laut wie möglich „Fährmann, hol över."

Manchmal dauerte es etwas, bis es los ging, wenn der Fährmann gerade im Fährhaus, das auch Gasthof war, eine Kaffeepause machte. Das Fährhaus lag auf der anderen Uferseite nahe der Anlagestelle, zwischen Treene und dem kleinen Dorf Hude, wo der Cousin wohnte.

Die Zeit des Wartens bis zur Überfahrt nutzte Oma zum Klönen. Alle lebten von der Landwirtschaft und man kannte sich.
Tine begleitete die Oma noch aus einem anderem Grund sehr gerne nach Hude. Sie empfand die Überfahrt jedes Mal als viel zu kurz, denn sie war ein bisschen verliebt in Johannes, den Sohn vom Fährmann. Johannes war etwas älter als Tine und half dem Vater mit den Leinen beim An- und Ablegen. Seit er Tine

zum ersten Mal auf der Fähre begegnet war, bereitete ihm dieser Job große Freude und dafür verschob er die Hausaufgaben gerne auf den späten Nachmittag.

Natürlich sollte Oma nichts merken, und so versuchten sich die Jugendlichen immer hinter einem Heuwagen oder hinter Pferden zu verstecken, um Hand in Hand auf den Fluss zu schauen, und freuten sich bereits auf die spätere Rückfahrt.

Julius Fürst, Die Treene bei Schwabstedt, um 1895

Theater

„Bitte klatschen sie erst NACH dem musikalischen Beitrag unserer Sängerinnen." Mit diesen Worten begrüßt der Chorleiter die Zuschauer und Zuhörer. Die *Trillerpfeifen* stehen auf der Bühne im großen Saal des Gasthofs, begleitet von Akkordeon und Heimorgel schmettern sie Schlager durch den Saal. Besonders die ältere Generation ist der Einladung eines örtlichen Vereins zu einem bunten Lieder- und Theaternachmittag gefolgt, der Chor hat sein Repertoire der Generation 50plus angepasst.

Der Onkel Doktor hat gesagt, ich darf nicht küssen, ich hab dafür ein viel zu schwaches Herz. Diesen beliebten Schlager von Peter Igelhoff, der 1938 die Hitparade stürmte, haben alle noch im Ohr. Da schwelgt man gleich in Erinnerungen an die gute alte Zeit, ganz leise wird mit gesummt, denn niemand möchte die Sängerinnen mit falschen Tönen aus dem Takt bringen.

Weitere Klassiker der Musikgeschichte folgen. Begeistert wackeln die Hinterteile der Gäste im Rhythmus der Musik auf den Stühlen hin und her, als der Chor das Lied *Veronika, der Lenz ist da, die Mädchen singen tralala* aus der Feder von Walter Jurmann anstimmt. Aber der Chor legt noch eins drauf. *In der Nacht ist der Mensch nicht gern alleine* sang bereits 1944 Marika Rökk, im Saal ballen die Fans ihre Hände zu Fäusten, denn Klatschen ist noch nicht erlaubt. Dass die Chordamen ohne Zugabe nicht nachhause entlassen werden, braucht wohl nicht besonders erwähnt zu werden. Unter großem Beifall und jetzt auch mit Händeklatschen beenden sie mit einer Polonaise durch den Saal ihren Auftritt.
Wir können uns jetzt alle entspannt zurück lehnen bei Kaffee und Kuchen, Käse- und Schmalzbrot. Der Saal ist bald erfüllt von Stimmengewirr und Geklapper von Kuchengabeln und Kaffeegeschirr.

„Auf unserer Seite sind die Kaffeetassen kleiner!" stellt meine Nachbarin zur Linken erstaunt fest.
„Dann trinke doch eine Tasse mehr, ist ja genug da!" bekommt sie von der ihr gegenüber sitzenden Dame zur Antwort.

„...der ist doch tatsächlich wieder mit seiner Frau zusammen!" Zu meiner Rechten findet eine angeregte Unterhaltung über die Prominenz aus der Boulevard-Presse statt.

„Warum ist eigentlich die Margarethe nicht hier? Ist sie krank?" Schräg gegenüber sind zwei Frauen damit beschäftigt, den Saal mit Blicken nach Freunden und Bekannten abzusuchen, Margarethe ist definitiv nicht hier.

Ein Blatt Papier mit Stift wird von Tisch zu Tisch gereicht, jeder muss sich in eine Anwesenheitsliste eintragen. Da ich nur Gast bin, deshalb für Kaffee und Kuchen mehr bezahlen muss als die Vereinsmitglieder, vermute ich, dass die Liste für die Abrechnung mit dem Gastwirt wichtig ist.

Während die Tische im Eiltempo von mehreren flinken Kellnerinnen abgeräumt werden, dringen von der Bühne polternde Geräusche herüber. Es scheint gleich loszugehen, alle Blicke richten sich jetzt auf den grünen Vorhang. Stühle werden für optimale Sicht zurecht gerückt, ein Mann tritt vor den Vorhang, es wird mucksmäuschenstill im Saal. In knappen Worten schildert der Redner den Handlungsort und die Protagonisten des Theaterstückes.

Der Vorhang geht auf, dieser Umstand löst donnernden Applaus für den Bühnenbau aus.
Meisterhaft ist die kleine Bühne in einen Hotelempfang und eine gemütliche Sofaecke unterteilt, große Bewegungsfreiheit bleibt nicht für die Darsteller. Aber es ist ja niemand auf der Bühne außer einer hübschen jungen Frau im Dirndl, die sich gerade mit einem Schnäpschen aufwärmt, immerhin spielt das Stück im Winter. Da stürmt die Hotelchefin herein.
Ab jetzt muss ich mich extrem konzentrieren, das Stück wird auf plattdeutsch präsentiert, bayerisch dem Handlungsort angepasst, wäre es allerdings auch nicht leichter für mich.
„Wir müssen uns etwas einfallen lassen. Die Auslastung des Hotels lässt zu wünschen übrig und ich muss der Bank 5000 Euro zurückzahlen, wo soll ich die nur hernehmen?"
„Machen Sie sich mal keine Sorgen, Chefin, ich hatte eine tolle Idee und ein Inserat aufgegeben. Blind Date ist das Stichwort. Bei uns können sich Leute auf

Partnersuche treffen und sich in aller Ruhe und Abgeschiedenheit kennen und lieben lernen. Die ersten Gäste werden gleich eintreffen." Die junge Frau im Dirndl ist von ihrer Initiative so begeistert, dass sie noch Schnäpschen braucht.

Die Chefin scheint nicht so angetan von der Eigeninitiative ihrer Angestellten, ich finde die Idee jedoch klasse. Da sind sie schon, die Gäste treffen ein. In einem heillosen Durcheinander wirbeln fortan die Laienspieler der Norderstapeler Theatergruppe über die Bühne, und versprühen ihren Witz und Charme über die Zuschauer.
Die Handlung rankt sich um Paare, die zueinander gehören, aber nichts von ihrer beiderseitigen Anwesenheit wissen, und um verabredete Singles, die sich nicht finden.
„A L A R M !"
Diesen Schrei kenne ich, er riss mich aus meinen Gedanken während der letzten Gemeinderatssitzung, als parallel im Nachbarsaal die Theatergruppe probte. Jetzt erfahre ich endlich den Grund. Die Ehefrau eines Hotelgastes, der sich heimlich zu einem Blind Date mit einer ihm fremden Frau treffen will, hat soeben ein Zimmer reserviert und wird in Kürze eintreffen.

Als sich zum Ende des Stückes alles entwirrt, ist die Hotelchefin frisch verliebt in einen alternden, aber steinreichen Musikproduzenten. Das Ehepaar ist versöhnt und zeigt seltsames Paarungsverhalten, und die Hotelangestellte hat sich einen der partnersuchenden Singles geangelt.

Das Publikum honoriert das leidenschaftliche Engagement der Theatergruppe mit langanhaltendem stürmischem Applaus, bis der Vorhang endgültig fällt.

Ausflug nach Bergewöhrden

Während die für Norderstapel so wichtige Huder Fähre bis 1972 in Betrieb war, kam für die Fähre von Süderstapel über die Eider nach Dithmarschen bereits 1936 das Aus. Nur wer ein Boot besitzt, kann seitdem den langen Landweg über die Brücke in Friedrichstadt oder zur Fähre in Bargen abkürzen.

Johannas Großeltern hatten sich nach der Einstellung des Fährbetriebs über die Eider ein Ruderboot zugelegt. Es war nicht nur praktisch, um die Verwandtschaft in Bergewöhrden auf der anderen Seite der Eider in Dithmarschen zu besuchen, auch zum Angeln war es wunderbar geeignet.

An einem Sommertag in den Schulferien packte Oma einen Korb mit selbstgebackenem Kuchen und Plätzchen, nahm die kleine Johanna an die Hand und lief mit ihr zur Eider, dorthin, wo das Ruderboot an einem schmalen Holzsteg festgemacht lag. Johannas Tante in Bergewöhrden hatte Geburtstag.

Als Johanna sicher im Boot saß und der Korb verstaut war, löste Oma das Tau und stieß es mit kräftigem Schwung vom Steg ab. Johanna quietschte vor Vergnügen. Erst als das Boot fast zum Stillstand gekommen war, legte Oma die Ruderschäfte in die Dollen und begann gleichmäßig und synchron die Ruderblätter durch das Wasser zu ziehen. Langsam glitt das Boot über die Eider.

„Weißt du, Johanna, als ich in deinem Alter war, gab es einen sehr kalten Winter. Der Fluss lag unter einem so dicken Eispanzer, dass Fuhrwerke auf der Eisbahn über die Eider fahren konnten. Spring mal mit dem Tau ans Ufer, Johanna."
Sie hatten die Dithmarscher Seite der Eider erreicht, es stand ihnen noch ein längerer Fußmarsch bevor, aber es war ja Sommer.

Anteilnahme

Bruno ist, so wie ich, zugereist. Allerdings ist er bereits vor 15 Jahren in das schöne Stapelholm gekommen. Bruno erzählte mir von seiner ersten Zeit in Norderstapel.

Ich bin in Hamburg geboren und aufgewachsen und ich musste mich an so einiges gewöhnen, was hier so Usus ist. Als allererstes ist mir aufgefallen, was hier Nachbarschaft bedeutet.
In Hamburg habe ich in einem kleinen überschaubaren Mehrfamilienhaus gewohnt, 7 Familien wohnten da und die Leute zogen ein und aus. Ich wusste nachher nicht mehr, wer oben rechts und links wohnt und was die von Beruf sind oder sonstige Sachen. Man hat sich einfach nur *moin* zugerufen, bzw. sagt man in Hamburg ja eher *Guten Morgen*, und dann ist man aneinander vorbei gerauscht. Unser Hauswirt hatte aus leidvoller Erfahrung die Treppenhausreinigung an eine Firma vergeben, jeder bezahlte das mit der Miete und damit war der Fall erledigt. Drum, richtige Berührungspunkte hatten wir in dem Haus nicht und deswegen spielte Nachbarschaft eigentlich keine große Rolle.

Ganz anders ist das doch hier bei uns. Die ersten Jahre bin ich von Hamburg noch hin und her gefahren. Das Haus, das wir gekauft hatten, war in dieser Zeit nur so eine Art Wochenend-Domizil.
Mein Cousin, der hier wohnt, hat sich während unserer Abwesenheit wie ein Hausmeister um alles gekümmert, und der erzählte mir eines Tages:
„Du, Ihr wart kaum weg, eine Stunde oder zwei, da rief dein Nachbar an und fragte, ob die Hamburger noch mal wieder kommen."
„Nee, wieso, die sind jetzt schon wieder zurück in Hamburg."
„Ja, da brennt doch noch Licht."
Da kannst du mal sehen, wie sie hier alles auf dem Kieker haben - da wird aufgepasst. Weil man hier so Anteil nimmt an der Nachbarschaft, riet mir mein Cousin:
„Am besten, du machst eine Einweihungsfeier."
Das haben wir dann auch gemacht. Großes Zelt, Fassbier, Spanferkel, alles ringsum, Verwandtschaft, Bekanntschaft und vor allem die Nachbarn eingeladen, und die konnten dann ihre Fragen stellen, was bist du, und wo kommst

du her und solche Sachen. Da wussten sie ja dann gleich, mit wem sie es zu tun hatten.

Aber einige gibt es hier bei uns, da muss ich ganz ehrlich sagen, die treiben es mit ihrer Anteilnahme ja manchmal ein bisschen zu weit. Eine von meinen Nachbarinnen ...hauhauhauhau...die glänzt ganz besonders, das grenzt schon an Neugier. Aber neulich ist etwas passiert, da hat sie einen kleinen Dämpfer gekriegt.

Ich bin ja nun schon seit langer Zeit Angler. An der Ostsee, hier an der Treene und an der Eider angel ich, und zu meiner Ausrüstung gehören auch ein paar Wathosen bzw. Watstiefel. Das sind Gummistiefel mit Hose oben dran, damit kannst du ordentlich ein paar Schritte reingehen ins Wasser. Diese Dinger muss man pflegen, denn wenn man sie nur so hin schmeißt, bekommen sie Knicke und Falten und davon wird das Material brüchig und undicht. Also werden die Watstiefel aufgehängt.

Mein alter Stall grenzt an einen kleinen Weg. Hier bei uns in Norderstapel gibt es überall diese sogenannten Plattenwege, die zwischen den Grundstücken längs laufen. Im Stall bewahre ich die Angelsachen auf und hier hängt auch die Wathose zum Trocknen. Ja, und eines Tages treffe ich vorm Haus meine Nachbarin.

„Oh", sagt sie, „da bin ich aber froh, dass ich dich sehe."

„Wieso das denn?"

„Ach Bruno" seufzt sie „da fällt mir doch ein Stein vom Herzen."

„Mensch, was ist denn los?"

„Ja", sagt sie „als ich bei dir durchs Fenster, dein Stallfenster, geschaut habe, dachte ich wirklich, du hättest dich aufgehängt."

Sie hatte da meine Wathose hängen sehen, und die Stiefel waren bestimmt so ein Meter, ein Meter fünfzig über dem Boden. Ich konnte mir nicht verkneifen zu sagen „Das kommt davon, wenn man durch die Fenster von fremden Leuten guckt!"

Ein sonderbares Erlebnis an der Treene

von Sven Becker

Es war im Sommer 2010. Ich war frischgebackener Neubürger in Norderstapel, als ich an einem wunderschönen, sonnigen Tag, wie schon so oft, mit dem Fahrrad auf dem Plattenweg an der Treene entlang fuhr.

Ein Auto war am Wegesrand geparkt, nichts Besonderes, denn hier stehen häufig die Fahrzeuge der Angler.

Nur war keiner von denen zu sehen, aber stattdessen entdeckte ich einen Mann vor dem Deich direkt am Ufer der Treene, der eine Hundeleine in der Hand hielt.

Seltsam, dachte ich, normalerweise laufen die Hunde hier frei herum und warum geht er in der matschigen Wiese spazieren?

Ich stellte mich auf die Pedalen, um über den niedrigen Deich schauen zu können, und da traf es mich wie ein Schlag: An der Leine ging kein Hund, sondern eine nackte Frau auf Händen und Knien.

Der Spaziergänger erblickte mich und grüßte freundlich herüber, indem er auch noch lässig mit der Hand winkte.

Ich war fassungslos vor Erstaunen. Die Frau war splitterfasernackt, nur ihre langen, dunklen Haare hingen über den Kopf herab, sodass von diesem nichts zu erkennen war, bis auf das Hundehalsband, das sie um ihren Nacken trug.

Um nicht wie ein Gaffer zu erscheinen, setzte ich mich wieder auf den Sattel und schaute nach vorn, zum Glück, denn fast hätte ich mich mit meinem Fahrrad lang in den Graben gelegt.

Da sage einer, dass hier einem nichts geboten wird, dachte ich und fuhr fröhlich weiter.

Jolines Vermächtnis

Eine Fantasie

Die Männer lassen gedankenverloren ihre Blicke über die Landschaft schweifen, ohne sie wahr zu nehmen. Sie bemerken auch nicht die Hochlandrinder mit ihrem zottigen in allen Farbtönen changierenden Fell, ein paar Meter weiter hinter dem Zaun, die neugierig zu den beiden herüber schauen. Einer der Männer greift hinter sich in einen Korb, der im Schatten unter einem Ginsterbusch steht, und ergreift zwei Flaschen Bier. Das Geräusch der sich öffnenden Bierflaschen ploppt durch die Stille und reißt die Männer aus ihren Gedanken.

An diesem lauen Sommerabend haben sich die Bürgermeister von Norderstapel und Süderstapel für ihre Besprechung in die freie Natur zurückgezogen, an einen abseits ihrer Gemeinden liegenden und nur über einen Sandweg erreichbaren Ort, wo sie ungestört etwas sehr Wichtiges besprechen können. Sogar die Handys sind ausgeschaltet, was die Dimension ihres Treffens deutlich macht.
Die Fahrräder sind an ein einen Baum gelehnt, jeder hat eine Mappe mit Papieren neben sich auf der hölzernen Bank liegen, die bereits einen etwas wackligen und morschen Eindruck macht.

Grund ihres konspirativen Treffens ist das Testament der alten Joline, die vor acht Wochen verstorben ist und ihr gesamtes Hab und Gut den beiden Gemeinden zu gleichen Teilen vermacht hat. Zwei Bedingungen beinhaltet das Testament. Die beiden Gemeindearbeiter sollen jeweils 10 Prozent vom Erbe erhalten, und der Rest muss für die Dörfer Norder- und Süderstapel verwendet werden. Genau diese zweite Bedingung ist der Haken an der Geschichte und der Anlass ihres Treffens. Joline hat diesen Teil ihres Testaments genauestens beschrieben.

„Mein Vermögen, bestehend aus dem Haus, dem Grundstück und etwas Bargeld, muss von den Gemeinden Norderstapel und Süderstapel gemeinsam verwendet werden für ein Projekt, von dem sowohl die Gemeinden wie auch die Bürger der beiden Gemeinden profitieren. Das Projekt muss die Gemeinschaft der beiden Dörfer und ihrer Bewohner fördern. Das Pro-

jekt darf weder eine der Gemeinden, bestimmte Altersgruppen oder Geschlechter bevorzugen."

Mutterseelenallein hatte Joline in ihrer alten baufälligen Kate direkt an der Ortsgrenze zu Süderstapel gelebt, dort, wo die Gemeinden im Laufe der Jahrzehnte zusammengewachsen sind und nur noch die Ortsschilder auf ihre Grenzen hinweisen. Ihre Vorfahren waren vor langer Zeit aus den Niederlanden in diese Gegend gekommen. Sie hatte nie geheiratet, ist kinderlos geblieben, und hat von ihren viel zu früh verstorbenen Eltern als einziges Kind das Häuschen mit dem vielen Land drum herum geerbt.

Die Bürgermeister hatten um ihre Einsamkeit und den langsam voranschreitenden körperlichen Verfall der alten Joline gewusst, und dafür gesorgt, dass die beiden Gemeindearbeiter zu gleichen Teilen bei schwerer Arbeit wie Schnee schieben oder Reparaturen am Haus gegen einen kleinen Obolus, meist war das selbst gekochte Marmelade oder auch mal eine Flasche Angesetzter, halfen. Deshalb dieses etwas ungewöhnliche Testament.

Dass die Bürgermeister jetzt an diesem einsamen wunderschönen Fleckchen zusammen sitzen, geschieht jedoch nicht aus dem Umstand heraus, dass sie eine alte Kate geerbt haben, sondern dass sie in Jolines alter Kommode eine alte Stofftasche mit einigen vergilbten Fotos, ein Tagebuch und ganz unten unter ebenso vergilbten Zeitungen einen großen Geldbetrag fanden. Es waren sage und schreibe 2 Millionen Mark und 75 Pfennig. Wo die 75 Pfennig wohl herkamen? Hat Joline überhaupt von den Millionen gewusst? Hat sie die Kommode vielleicht auf einem Flohmarkt erstanden, nachdem auch hier jemand einem einsam verstorben Menschen die Kate ausgeräumt hatte und die wenigen brauchbaren Sachen verkauft hatte?

Fragen über Fragen, einige davon beantwortete das Tagebuch. Joline hatte sich in jungen Jahren in einen Süderstapeler verliebt, sie wollten heiraten und viele Kinder haben. Seinen Namen gab das Buch nicht preis, aber Joline beschrieb ihn als groß, blond, gebildet und aus gutem Hause. Sie trafen sich immer nur heimlich, denn alle Elternteile waren gegen diese Verbindung. Aus dem Buch ging hervor, dass die Eltern des jungen Mannes offenbar keine Heirat mit einem Mädchen aus Norderstapel zuließen, und suchten ihm eine ihrer Meinung nach passendere Frau aus ihrem eigenen Dorf. Die beiden Verliebten hatten keine Chance und Joline blieb in ihrer Verzweiflung darüber ihr Leben lang alleine. Sie baute Gemüse an, begann eine Hühnerzucht, strickte im Winter Schals und Mützen und betrieb einen kleinen Hofladen. Von den Erlösen konnte sie einigermaßen gut leben. Ihre große Liebe war kurz nach der Hochzeit mit der anderen Frau fort gezogen, sie hat nie wieder etwas von ihm gehört, aber ihn nie vergessen können.

Die Bürgermeister sind gerührt von Jolines Geschichte und einige Parallelen zur heutigen Zeit kommen ihnen in den Sinn. Immer wieder gibt es Reibereien zwischen den Gemeinden, jeder „kocht sein Süppchen", und es ist sehr mühsam, gemeinsame Projekte auf den Weg zu bringen. Diese Spannungen reichen Jahrhunderte zurück, bis in die Zeit, als eine neue Kirche gebaut werden sollte, weil die Kapelle so baufällig war, dass sie einzustürzen drohte. Weil die Dorfvorsteher sich nicht über den Standort der Kirche einigen konnten, trafen sie sich an der Kapelle und ließen ein Pferd laufen, dort wo es stehen blieb, sollte die Kirche erbaut werden. Die Fehde der Gemeinden verschlimmerte sich jedoch durch diese Aktion noch, denn der Gemeindevorsteher von Süderstapel soll das Pferd mit Hafer zu der von ihm gewünschten Stelle gelockt haben, was jedoch nie bewiesen werden konnte.

Aus dem Testament zu Gunsten der beiden Gemeinden geht eindeutig hervor, dass Joline mit ihren Auflagen den Zusammenhalt der Gemeinden und ein friedliches Miteinander fördern will.

Und nun sitzen sie hier, trinken Bier und überlegen, was sie mit dem geerbten Geld machen sollen. Dass es sich bei dem Geld um die alte Währung DM handelt, ist das kleinste Problem, sie haben bereits mit der Landeszentralbank gesprochen, ein Umtausch in Euro ist bereits in die Wege geleitet, die Erbschaft beläuft sich also alles in allem auf mehr als eine Million Euro. Leider ist die Kate in einem sehr schlechten baulichen Zustand, aber das Grundstück von etwa 2,5 ha Größe liegt in begehrter Lage und könnte zu einem guten Preis verkauft werden.

Den Gemeinden geht es eigentlich finanziell recht gut, sie wirtschaften plan- und verantwortungsvoll und sind nahezu schuldenfrei. In Süderstapel müssen Wege saniert werden. Neue Straßenlaternen wären in Norderstapel nötig, um Energiekosten zu sparen, aber das sind alles keine Projekte, die dem Vermächtnis von Joline gerecht werden.

Nach Abzug des Anteils für die Gemeindearbeiter verbleiben noch mehr als 800000 Euro und nach einem weiteren Bier haben sie einen Plan.
Früher gab es überall im Land Windmühlen zum Mahlen von Korn oder zur Entwässerung der Niederungen. Die Norderstapeler Kornmühle *Bertha* war 1970 abgerissen worden, nachdem sie baufällig geworden war und der Müller die hohen Reparaturkosten nicht aufbringen konnte, der Süderstapeler Mühle erging es bereits 1950 so. Und was gibt es heute, in einer Zeit, wo überall in der Landschaft verteilt nur noch die Flügel von Windrädern zur Energiegewinnung stehen, schöneres, als einem Dorf eine nach alter Tradition gebaute Windmühle quasi zurück zu geben. Das lockt die Touristen und Fotografen in Scharen an und spült dadurch wiederum Geld in die Gemeindekassen. Das Grundstück der alten Joline wäre groß genug und es liegt, wie schon gesagt, unmittelbar an den Gemeindegrenzen. Die Bedingungen aus dem Testament wären damit erfüllt, die Bürgermeister sind begeistert von ihrer Idee, legen die nächsten Termine für Besprechungen und Gemeinderatssitzungen fest und radeln zufrieden nach Hause.

Drei Jahre später ist die feierliche Eröffnung der Windmühle *Juliane* in Stapel mit großem Festakt, Platzkonzert und vielen Ehrengästen. Die Festreden scheinen kein Ende zu nehmen, die Pastorin segnet die Mühle und mit Honigwein wird auf Joline und *Juliane* angestoßen. Es scheint, als wäre ganz Norder- und Süderstapel auf den Beinen, um diesem in Schleswig-Holstein einmaligen Ereignis beizuwohnen. Rundfunk- und Fernsehteams drängeln sich mit Kameras und Mikrofonen und übertragen ihre Begeisterung über die Mühle *Juliane* in Stapel und dieses außergewöhnliche Projekt hinaus in die Welt.
Um den Ansturm der Besucher mit Bussen und PKWs aufnehmen zu können, wurden am Dorfeingang Ländereien aufgekauft und ein großer Parkplatz angelegt.

Als Kulturzentrum Stapel bietet das Erdgeschoss der Mühle Raum für offizielle Anlässe und Trauungen, Konzerte und Lesungen, ein abgeteilter Bereich steht den örtlichen Vereine für ihre Veranstaltungen zur Verfügung. Durch den Verkauf der gemeindeeigenen Häuser Jöns und Ohlsen wurde der Ausbau der Mühle zum Kulturzentrum finanziert.

Das Trauzimmer wurde sehr geschmackvoll mit alten Möbeln eingerichtet, an der schmalen Wand steht Jolines alte Kommode, die vom ortsansässigen Tischler liebevoll restauriert wurde. Der Inhalt der Kommode, der nach Jolines Tod gefunden wurde, füllt wie ein Schrein wieder die Fächer und Schubladen, sogar das Testament liegt als Kopie darin, nur die Geldscheine fehlen. Für die Trauungszeremonie gibt es einen großen Tisch aus alter Eiche und passenden bequemen Stühlen, gefertigt vom Tischlermeister aus Norderstapel. An der Wand hängen Bilder hiesiger Künstler. Vom Schmied aus Süderstapel stammt der Kronleuchter, der den Raum in stimmungsvolles Licht hüllt.

Nach der Eröffnungszeremonie findet die erste Trauung statt, Markus aus Süderstapel und Lena aus Norderstapel geben sich vor den Bürgermeistern das Ja-Wort und treten anschließend vor die Mühle. Begeisterter Applaus, Fähnchen, Reiskörner überall, ein Trommelwirbel und Freudentränen umfangen das Brautpaar.

Ein kleines aber feines Museum ist im Galerieboden eingerichtet worden, hier findet der Besucher Informationen zu Windmühlen, alte Trachten und landwirtschaftliche Geräte werden gezeigt, die Herstellung der Stapelholmer Strohhüte wird erklärt, liebevoll zusammen gestellt zeigt eine Bildergalerie das historische Norder- und Süderstapel.

Jolines Kate konnte mit Fördergeldern und den Mitteln aus den Verkäufen von Jöns- und Ohlsenhaus restauriert und modernisiert werden, selbstverständlich ist das Dach wieder mit Stroh eingedeckt worden. Ein Cafe wurde eingerichtet, vom Pächter liebevoll in ländlichem Flair ausgestattet und dekoriert, die Kuchen werden nach alten Rezepten selbst gebacken, und vom Biergarten zwischen dem alten Baumbestand sieht man die 4 Flügel von *Juliane*, wie sie sich im Wind drehen.

Um den Hofladen erhalten und betreiben zu können, gründeten mehrere Leuten aus Norder- und Süderstapel „Julianes Landmarkt Stapel e.V". Eier und Kräuter werden angeboten, Selbstgestricktes und Eingekochtes, Obst und Gemüse, natürlich auch Andenken für die Touristen. 50 Prozent vom Erlös werden für den Erhalt der Mühle zurück gelegt.

Hinten im Garten ist ein Spielplatz für die kleinsten Dorfbewohner und Gäste angelegt, die Spiel- und Klettergeräte sind allesamt aus Holz gefertigt. Daneben liegt der Kräutergarten, mittendrin eine vom Gemeindearbeiter gebaute Kräuterschnecke und in der Ecke zum Biergarten plätschert ein Springbrunnen. Durch einen Zaun abgetrennt laufen die Nachkommen von Jolines Hühnern aufgeregt pickend über die Wiese.

Dass der Weg bis zur Eröffnung nicht einfach war, kann man sich vorstellen. In den Sitzungen der Gemeinden und ihrer Vertreter wurde ein Konzept erarbeitet, der Beschluss zur Umsetzung des Projektes war einstimmig. Aus der Bevölkerung gab es große Zustimmung. Aber wo bekommt man eine Windmühle her? Schließlich traf man auf die Interessen- und Fördergemeinschaft traditioneller Mühlen e.V., und dann ging alles ganz schnell. Denn in Nordrhein-Westfalen, irgendwo zwischen Köln und der holländischen Grenze musste dem Braunkohlen-Tagebau nicht nur ein Dorf weichen, sondern auch eine Holländer-Mühle abgerissen werden. Der Abriss musste schnell gehen, denn die Abräumer, eine Art Bagger von gigantischer Größe, näherten sich schon dem Dorf. Bis die Mühle in ihren Einzelteilen auf dem Land- und Wasserweg endlich hier ankam, vergingen allerdings einige Wochen. Dass trotz vorhandener Baupläne der Wiederaufbau mit vielen Widrigkeiten verbunden war, versteht sich von selbst, die Eröffnung musste zwei Mal verschoben werden.

Ein Detail war nach dem Aufbau und vor der feierlichen Eröffnung noch zum Streitobjekt geworden, wie sollte die bis dahin namenlose Windmühle heißen? In einer extra dafür anberaumten Gemeinderatssitzung wurde dann einstimmig beschlossen, *Juliane* soll sie heißen. Damit erinnert sie nicht nur an die aus den Niederlanden eingewanderten Vorfahren von Joline, sondern auch an ihre holländischen Konstrukteure und eine ihrer Königinnen. Schmied, Tischler und Maler fertigten in Gemeinschaftsarbeit eine große stabile Hinweistafel aus Edelstahl und weiß lackiertem Buchenholz mit dem Schriftzug *Juliane*.

Wenn man genau hin hört, fällt auf, dass die Menschen nicht mehr über Süderstapel oder Norderstapel reden, sondern nur noch über Stapel, und die Kinder wissen dank Joline nur noch aus Erzählungen von den alten Fehden der Gemeinden.

Fragen Sie sich, was aus den beiden Gemeindearbeitern geworden ist, die jeder circa 50000 Euro geerbt hatten? Der eine macht seine Arbeit wie gewohnt weiter, hat sich von einem Teil des Geldes einen alten Fischkutter gekauft, den er an den Wochenenden mit Hingabe restauriert, und träumt vom Törn an die Biscaya, wo die großen Trawler beheimatet sind, die zum Fischen raus auf den Atlantik fahren. Sein Kollege ist unbekannt verzogen.

Der Kaufmann

Es war einmal ein Kaufmann, der seine Heimat Pommern verließ. Krieg, Armut und Verzweiflung trieben Paul fort, auf die Suche nach Neuanfang und Zukunft. Zu Fuß machte er sich auf den Weg, was beschwerlich und gefährlich war. Die Tage, Wochen, Monate vergingen. Paul war ein kräftiger junger Mann, aber die Strapazen hatten ihn gezeichnet, mager war er geworden auf seinem langen Weg, den er immer wieder hatte unterbrechen müssen, um sich unterwegs durch Arbeit etwas Geld zu verdienen.

Eines Tages, kurz nach Kriegsende, kam Paul durch Norderstapel und entschied, in dem kleinen Dorf zu bleiben und sich eine Existenz aufzubauen. Eine Unterkunft und Arbeit waren schnell gefunden, fleißige Männer wurden gebraucht im Dorf.
Paul hatte allerdings ein anderes Ziel, er wollte in seinem erlernten Kaufmannsberuf tätig werden. So sparte er jeden Pfennig und begann, sich ein kleines Warenlager zuzulegen. Alles, was er zu einem angemessen Preis erstehen konnte, vom Werkzeug bis zu Socken, kaufte er auf, und als die Waren eine Karre füllten, zog er damit durch die umliegenden Dörfer und verkaufte mit einem kleinen Gewinn.

Einige Jahre gingen so ins Land, bis er genug angespart hatte, um sich einen winzigen Laden, gerade mal 12 qm groß, einzurichten. Damit machte er sich allerdings keine Freunde. Besonders die ansässigen Kaufleute machten dem Neuling das Leben schwer, empfanden ihn als Konkurrenz. Das ging so weit, dass der Großhandel ihm keine Waren lieferte. Paul musste eine Lösung finden!

Paul fuhr mit der Bahn nach Kiel, sprach mit den dortigen Großhändlern, stellte ein Warensortiment zusammen, verhandelte die Preise, packte alles in Kartons und schaffte die Sachen per Bahn nach Norderstapel. Das war zwar sehr mühselig und zeitaufwändig, aber er konnte jetzt die Regale in seinem kleinen Laden mit Produkten füllen.

Es kam die Zeit, dass die anderen Kaufleute und die Dorfbewohner ihn akzeptierten und seinen Arbeitseifer respektierten, sein Warensortiment kam gut an, die Umsätze steigerten sich kontinuierlich, der Laden war bald zu klein, er verdiente ganz gut, und so kaufte er sich zu einem günstigen Preis eine kleine baufällige Strohdachkate, die er abriss und sich ein schönes neues Geschäfts- und Wohnhaus auf dem Grundstück baute. Er war über den Berg, hatte sich seine Existenz aufgebaut, gründete eine Familie. Vom regionalen Großhandel bekam er regelmäßig Vertreterbesuch, denn er war jetzt ein umworbener Kunde, frisches Obst und Gemüse lieferten ihm früh morgens die örtlichen Bauern.

Paul war am Ziel. 20 Jahre nach seinem Beginn in Norderstapel feierte er mit seinen Kunden den großzügigen Umbau seines Kaufmannsladens mit einer festlichen Wiedereröffnung.

Aber Paul musste auch miterleben, wie ein Kaufmannsladen nach dem anderen schließen musste. Immer mehr Menschen hatten ein Auto zur Verfügung, im Umland entstanden die ersten großen Supermärkte mit einer nahezu alles umfassenden Produktpalette und viel günstigeren Preisen durch höhere Bestellmengen. Paul mit seinem vergleichsweise kleinen Laden bekam das veränderte Kundenverhalten ebenfalls deutlich zu spüren.

Alt und müde war Paul darüber geworden, darüberhinaus gab es Probleme mit der Nachfolge im Geschäft. Knapp 60 Jahre nach Pauls Ankunft musste auch sein Kaufmannsladen, der letzte im Dorf, für immer schließen.

Das Dorffest

„Bert!"

„Beeert!"

„Moni, was schreist du denn so, ist was passiert?"

„Wo warst du denn? Hast du nicht das Dröhnen gehört und die Vibrationen gespürt? Du wirst langsam alt, Bert. Da, horch, da ist es wieder!"

„Um Himmelswillen, Moni, was bedeutet dieses Hämmern und Klopfen genau über unserer Wohnung?"

„Komm, Bert, wir nehmen den Fluchtweg und schauen mal nach. Kinder, kommt mit und bleibt dicht hinter uns."

Die Maulwurfsfamilie eilt die Gänge entlang bis zu ihrem Ausgang am Scheitel der westlich vom Dorfplatz gelegenen Wallhecke, von hier haben sie den besten Ausblick. Rechts von ihnen liegt der Spielplatz, geradeaus am östlichen Ausgang steht eine massiv gebaute Grillhütte und davor sind bestimmt 12 kräftige Männer damit beschäftigt, ein Zelt und den Tanzboden aufzubauen.

„Heute ist Dorffest!" stellt Moni fest, „lass uns rein gehen und wieder hier her kommen, wenn die Leute mit dem Aufbau fertig sind."

Die Handgriffe der Männer sitzen, sie sind ein eingespieltes Team, Stangen werden zusammengeschraubt, die Zeltplane darübergelegt und festgezurrt, der Boden verlegt, kurze Zeit später steht ein großes Zelt auf der Wiese. Parallel hat ein weiteres Team zwischen Zelt und Hütte einen Holzboden verlegt, der für die Tanzgruppe vorgesehen ist. Als Zelt und Tanzboden fertig sind, folgt der Aufbau der Biertheke, die Bierfässer werden herein gerollt, gefolgt von Sackkarren mit Getränkekisten und Plastik-Trinkbechern.

In der Grillhütte werden Tische und Bänke aufgestellt und immer mehr Frauen treffen ein, schleppen Kaffeemaschinen, Geschirr, bunt verpackte Tombola-Gewinne, Torten und Futjes-Teig heran.

Auch in Spielplatz-Nähe werden Tische und Bänke aufgestellt, eine knallbunte Hüpfburg wird aufgeblasen, hinter der Hütte stehen bereits seit gestern ein Kran und das Toilettenhäuschen.

An der Hütte klappen die Läden hoch, das Grillen von Wurst und Fleisch übernimmt wie jedes Jahr ein eingespieltes Team der Freiwilligen Feuerwehr, der Grill wird angeheizt. Am östlichen Tor steht ein Feuerwehrauto und Hans ist startklar für Rundfahrten durchs Dorf mit begeisterten Kindern unter Einsatz von Blaulicht und Martinshorn.

Ebenfalls am Tor bauen Frauen Tische auf und stapeln ein kunterbuntes Sortiment an Flohmarkt-Artikeln, von der Socke bis zum Gartenstuhl.

Alles ist bereit, das große Fest kann beginnen, es ist Juni, sommerlich warm, der blaue Himmel wird von einigen wenigen Wolken verziert, und am westlichen Knick stecken Bert und Moni neugierig ihre Köpfe aus dem Maulwurfshügel.

Als wenn die Dorftrommeln gesprochen hätten, strömen aus allen Richtungen Kinder mit ihren Eltern auf den Platz und belagern die Hüpfburg, Planschbecken, Sandkasten, Feuerwehrschlauchwasserwerfer und Schminkecke. Es dauert nicht lange und bunt bemalte Kindergesichter wuseln wie Heuschrecken über den Platz.

Vom Grill zieht verlockender Duft von gebratenem Fleisch über den Platz und es bildet sich eine Menschenschlange vor dem Tresen, in der Hütte ein ähnliches Bild, hier locken Kaffee und selbstgebackene Torten, Futjes und Waffeln. Ohne die vielen freiwilligen Helfer der Norderstapeler Vereine wäre das Fest gar nicht möglich, sie spülen das Geschirr, beaufsichtigen die Kinder, verkaufen Getränke und sichern mutige Jungs und Mädchen beim Kisten stapeln mit dem Kran.

„Wo hast du denn die rote Schleife her?" fragt Bert seine Moni. „Du siehst bezaubernd damit aus, meine Süße!"

„Ein Kind hat sie wohl verloren, gleich hier vorne im Gras. Ich habe sie mir heimlich geholt, weil mir der glänzende und glitzernde Stoff so gut gefällt." Moni ist unheimlich stolz auf ihren Schmuck, ihr Blick verklärt sich, sie atmet schwer, drängt ihren Körper an Bert, kneift ihn sanft in seinen kräftigen Nacken.

„Mama, da ist ja meine Schleife, da oben auf dem Wall, auf dem Erdhügel, oh nein, jetzt ist sie weg."
Moni und Bert sind blitzartig in den weitläufigen Gängen ihrer Behausung verschwunden und steuern die Schlafstube an.

Über den Dorfplatz schallt inzwischen Musik aus einer Stereoanlage und auf der Tanzfläche dreht sich eine Gruppe von Tänzerinnen im Rhythmus der Melodien. Nach dem dritten Tanz sind alle aufgerufen, mitzumachen, und unversehens drängeln sich unzählige sich umeinander kreisende Menschen inklusive dem Bürgermeister auf dem Bretterboden.

Mit einem Eimer voll mit Losen, schwarzem Zylinder auf dem Kopf und dem Schriftzug *Los-Hauke* auf der Stirn zieht Hauke von Tisch zu Tisch und verkauft Lose für die Tombola. Kinder kreischen vor Freude über ihren schönen Gewinn und die Eltern stapeln die Schätze neben sich auf der Bank.

Diejenigen, die nur die Köstlichkeiten von Kuchenbuffet und Grill genießen wollten, machen sich jetzt, nach Ende der Tanzdarbietungen auf den Heimweg und schauen am Flohmarktstand, ob sie noch ein Schnäppchen erstehen können. Dafür füllt es sich an der Biertheke, und am Grill wird die Schlange wieder länger.

„Sieh mal, Moni, ich habe auch etwas im Gras gefunden, ein Los. Mach es bitte auf, vielleicht ist es ein Gewinn."
Moni hat Mühe, den winzigen Ring, der das Papierröllchen zusammen hält, abzuknabbern, als sie es endlich geschafft hat, entreißt Bert ihr das Papier und fiept laut vor Freude.
„Da steht eine Nummer drauf, Moni, 1 0 2, was machen wir denn jetzt, wir können doch nicht damit zur Hütte laufen. Du kennst doch die Menschen, wenn sie uns sehen, fangen sie an zu kreischen, springen auf die Tische und hüpfen, als stünden sie mitten im Bienenschwarm."
„Weißt du was, Bert, wir können doch sowieso nichts anfangen mit Teddy, Blumentopf oder Pralinen, wir legen das Los zurück ins Gras."

Moni und Bert beobachten, wie ein kleines Mädchen das Los aufhebt, freudestrahlend damit zur Hütte läuft und kurze Zeit später mit einem in allen Rottönen schimmernden Tuch um die Schultern vorbei läuft.
„Das Tuch ist viel schöner als meine rote Schleife" ruft sie ihrer Mama zu.

Eine Frauenstimme ertönt. Über Mikrofon gibt sie bekannt „Wir eröffnen jetzt das Spiel ohne Grenzen und starten mit dem Wettkampf, wer kommt als erster mit dem vollsten Eimer Wasser am Fahrrad, dessen Lenker verbogen ist, im Slalom und ohne mit den Füßen den Boden zu berühren, ans Ziel. Als erstes startet die Mädchengruppe, danach folgen die Jungs, als dritte Gruppe ist die Feuerwehr dran. Wir wünschen allen Teilnehmern gutes Gelingen."
Weitere Wettkämpfe folgen, die Zuschauer feuern ihre Favoriten mit Klatschen und Zurufen an, zum Abschluss folgen die Siegerehrungen.

Für die Kinder wird es jetzt Zeit, ins Bett zu gehen, und die Eltern beginnen mit dem Suchspiel *wo ist mein Kind*. Ist es gefunden und die Diskussion über Sinn und Zweck des Zubettgehens abgeschlossen, sieht man Mütter mit weinenden Kindern an der Hand und bepackt mit Tombola-Gewinnen den Dorfplatz verlassen.

An der Biertheke wird es nun immer voller, lauter und lustiger. Discomusik dröhnt aus der Stereoanlage und schallt über den Platz und das Dorf, bunte Lichterketten tauchen die Hütte in eine weihnachtlich anmutende Stimmung, Sterne glitzern am Himmel und wenn jemand an der Wallhecke genau hinsehen würde, sähe er zwei Maulwürfe eng umschlungen tief und fest schlafen, einer mit einer roten Schleife zwischen den kleinen Ohren.

Die verpatzte Hochzeitsnacht

„Heirate denjenigen, den du liebst, und teile mit ihm Freud und Leid", so hatte der Vater gesagt und so geschah es 1952. Helena heiratete ihren geliebten Klaus, die Eltern statteten ihnen eine wunderschöne Hochzeitsfeier im Gasthof aus, bis spät in die Nacht feierten die Familien mit Freunden und Nachbarn.

Helena und Klaus leben genauso wie die Eltern und Großeltern von der Landwirtschaft mit Gemüseanbau, Milchkühen, Schweinen, Hühnern usw. An eine Hochzeitsreise, wie es heute üblich ist, ist nicht zu denken. Trotz Hochzeit müssen am nächsten Morgen alle wieder früh raus zum Melken, das Vieh versorgen, den Landarbeitern das Frühstück bereiten und Mittagessen kochen.

Als das Brautpaar eng umschlungen nach Hause kommt, geht Helena erst mal in die Schlafstube, um das wunderschöne cremeweiße Brautkleid auszuziehen, welches ihre Mutter für sie umgearbeitet hat, in dem sie selbst vor 24 Jahren heiratete hat. Ein Jahr später kam Helena zur Welt.

Helena öffnet mit einem gewaltigen Schwung, der auf Sektlaune und überschwängliches Glück der frisch Vermählten zurückzuführen ist, die Türen des Kleiderschranks, um sich ein hübsches anderes Kleid zu nehmen. Mit dieser Aktion weckt sie einen ihr unbekannten Hahn, der bis dahin auf einem ordentlich aufeinander gelegten Stapel Handtücher geschlafen hatte. Mit aufgestelltem knallrotem Kamm kräht der nun lautstark los und flattert im Schrank umher, offensichtlich nicht bereit, diesen heimeligen Ort wieder zu verlassen. Helena stößt einen spitzen Schrei aus, dann folgt ein deftiges Schimpfwort, denn der Hahn lässt sich nicht greifen, sobald sie die Hände ausstreckt, um ihn zu packen, kommt von ihm heftigste Gegenwehr in Form von Attacken mit seinem spitzen Schnabel gegen die für ihn so bedrohlich wirkenden Hände.

„Klaus" schreit sie in leicht hysterischer Tonlage, „wo steckst du denn, komm schnell her, in die Schlafstube!"

Erst jetzt nimmt Helena wahr, dass durch das panikartige Hahnengeflatter Kot und Federn im Schrank und durch die Stube wirbeln, verbunden mit einem entsetzlichen Gestank, der Hahn war wahrscheinlich schon stundenlang im Schrank eingesperrt. Die Federn vom Hahn vermischen sich mit den Daunen eines Kopfkissens, das auf dem Schrankboden gelegen hatte, aufgeschlitzt von messerscharfen Krallen.

Und das in der Hochzeitsnacht!

Klaus steht in der Schlafstubentür, noch unbemerkt von Helena, und wischt sich die Tränen aus seinem Gesicht. Unter Alkoholeinfluss findet er die Situation zu komisch, Helena in ihrem zauberhaften Hochzeitskleid vor dem geöffneten Kleiderschrank hin- und herspringend, und im Schrank krähend und kreuz und quer wie ein Pingpong-Ball der umher flatternde Hahn, das alles untermalt mit einer Wolke aus bunten Federn und weißen Daunen.

„K L A U S !" Diese Tonlage hat Klaus nie vorher von seiner Liebsten gehört, sie klingt wie Donnergrollen. Immer noch schallend lachend fragt er scheinheilig „Helena, meine Süße, was ist denn hier passiert?"

„Hole SOFORT einen Käfig, einen Eimer mit Wasser, Putzlappen und Schrubber, und aus der Kammer meinen alten braunen Kittel!" Helena ist wütend und Klaus hört endlich auf zu lachen.

Als Klaus, inzwischen wieder nüchtern und ernst dreinschauend, mit den geforderten Sachen zurück ist, sitzt Helena erschöpft und weinend auf dem einzigen alten Stuhl im Zimmer.

„Liebes, beruhige dich, wir fangen jetzt zusammen den Vogel ein und machen schnell sauber, und morgen lachen wir gemeinsam über unsere verpatzte Hochzeitsnacht. Mach mal das Fenster auf, der Gestank ist ja wirklich unerträglich"

Eine Stunde später lassen sich die beiden hundemüde und erschöpft ins Bett fallen. „Morgen holen wir endlich unsere Hochzeitsnacht nach", murmelt Klaus leise, hört noch ein Seufzen von Helena, bevor sie eng umschlungen einschlafen.

Der Aufschrei

Maria und Peter sind zur Smaragd-Hochzeit eingeladen, das heißt, die Gastgeber und Jubilare sind seit 55 Jahren verheiratet.

Es gibt Landstriche, da sind Silber- und Goldhochzeit zwar Anlass für ein großes Fest, dagegen werden *normale* Hochzeitstage nur zu einem intimen Event für das Ehepaar mit roten Rosen, Theaterbesuch und Dinner im Lieblingsrestaurant. In Norderstapel ist das ganz anders. Nicht nur, dass man jede Gelegenheit zum Feiern mit Familie, Freunden und Nachbarn nutzt, nein, das Fest wird ausgeschmückt mit kreativen Einladungen und die Feierei beginnt bereits beim Binden der Girlande für die Haustür. Im Extremfall wird von den besten Freunden das neue Gartentor oder das Fahrrad des Postboten für die letzte Tour vor der Rente mit einer Girlande dekoriert. Keine Frage, ob gewollt oder ungewollt, eine Girlande bedeutet, diese möchten wir feiern.

Das Fest der Smaragd-Hochzeit, zu der Maria und Peter eingeladen sind, war mit ebenso viel Aufwand liebevoll vorbereitet worden, selbstverständlich mit Türkranz und Polterabend, und findet jetzt seinen Höhepunkt im Gasthof. Dazu wurde die Girlande von der Haustür des Brautpaares abmontiert und an der Eingangstür des Veranstaltungsortes angebracht, später wird alles wieder zurückgebaut. Der Saal und die Tische sind passend zum Anlass festlich dekoriert in allen Grüntönen, die die Farbpalette und das Warenangebot an Blüten, Papier, Glitter, Servietten und Schleifen hergibt. Die Braut trägt entsprechend zu einem schwarzen Satinrock ein lindgrünes paillettenbesetztes Oberteil und im schneeweißen Haar eine dunkelgrüne Blüte, abgerundet von einem Smaragd-Collier und passendem Armreif.

Nach dem Klönen bei einem Begrüßungsgetränk nehmen alle Gäste ihre vorbestimmten Plätze ein und lauschen den Ansprachen von Familienangehörigen, Freunden, der Pastorin und dem Bürgermeister.

Die ersten alkoholischen Getränke werden serviert, zwischen Vorspeise und Hauptgang trägt die Enkeltochter mit glockenklarer Stimme ein für die Großeltern einstudiertes Lied vor. Für die Pause bis zur Nachspeise haben die mit

Computertechnik vertrauten Urenkel eine Diapräsentation vorbereitet mit Bildmaterial aus 55 Jahren Ehe. Inzwischen haben die Serviererinnen alle Hände voll zu tun, den Nachschub an Wein, Bier und Korn sowie die Nachspeise heranzuschaffen.

Dieter, der in seiner Funktion als Radioreporter kürzlich mit der früheren Wirtin ein Interview zum Thema Hochzeitsfeiern geführt hatte, erzählt mir beim Dessert, wie die Feste noch in den 1950er Jahren abliefen.

„Der Polterabend wurde meist zu Hause gefeiert, weil das Geld in dieser Zeit nicht so reichlich war. Nach dem Ja-Wort von Braut und Bräutigam auf dem Standesamt ging es zur Kirche und anschließend fuhren das frisch vermählte Paar und die ganze Hochzeitsgesellschaft mit Pferdewagen zum Gasthof.

Für den Festschmaus mussten die Brautleute sorgen, und weil zu dieser Zeit die meisten Dorfbewohner Bauern waren, wurde für das Fest geschlachtet und das Rind- und Schweinefleisch zum Bäcker geliefert, der die Braten zubereitete. Die Hochzeitsgäste mussten den Braten dann dort abholen, was ein fröhliches und lautstarkes Ereignis war. Das Brautpaar wartete im Gasthof, während in der Küche schon fleißige Helfer die Beilagen und Nachspeisen zubereiteten.

Torf zum Heizen musste übrigens mitgebracht werden, ebenso das Geschirr, Getränke, Obst, Gemüse usw., denn die Gastwirte waren in der Landwirtschaft tätig und die Gastwirtschaft war nur Nebenerwerb. Es gab auch keine Kellnerinnen. Zum Bedienen der Hochzeitsgesellschaft, häufig 50 bis 60 Personen, und zum Servieren holte man junge Mädchen aus dem Dorf, die dafür eingeladen wurden, und die stolz waren, servieren zu dürfen und die Gelegenheit zum „Beschnuppern des Heiratsmarktes" nutzten.

Nach dem Festschmaus wurde gefeiert, und das konnten die Stapeler schon immer gut und reichlich und ausdauernd. Für die Musik gab es eine Dorfkapelle mit Klavier, Geige, Trompete und Trommel, die sehr beliebt war und zu jedem Fest eingeladen wurde. Bis spät in die Nacht wurde gefeiert, es war lustig, man tanzte viel, und niemand nahm es übel, wenn nach reichlich Alkoholgenuss die Töne der Musikanten etwas schräg kamen."

Das Fest von Maria und Peter steuert inzwischen seinem Höhepunkt zu, zur allgemeinen Erheiterung präsentieren Mitglieder der örtlichen Theatergruppe einige Sketche und als anschließend die Kapelle mit einem Walzer aufspielt, füllt sich die inzwischen frei geräumte Mitte des Saales mit sich im Rhythmus der Musik kreisenden Paaren.

Bis spät in die Nacht wird getanzt, gesungen und gelacht, die Kellnerinnen tragen unentwegt Tabletts mit alkoholischen Getränken durch den Saal, und die ersten Gäste schwanken vor die Tür für eine Zigarette oder um frische Luft zu schnappen.

Peter hat dem Alkohol ebenfalls reichlich zugesprochen und weigert sich standhaft, Marias Bitte, endlich nach Hause zu gehen, nachzukommen. Durch ihren landwirtschaftlichen Betrieb sind sie jedoch gezwungen, am nächsten Morgen wieder früh aufzustehen, und so geht Maria alleine nach Hause. Der runde volle Mond beleuchtet ihren Weg, der ihr jetzt, in der Nacht, endlos lang erscheint. Müde steht sie endlich vor der Haustür und kramt in der Handtasche nach dem Schlüssel, dann in der Jackentasche, erneut in der Handtasche.

„Verdammt! Den Schlüssel hat Peter" stellt sie entsetzt fest „und der feiert immer noch im Gasthof, was mach ich denn nun?" Ratlos steht sie vor der Tür. Zurück laufen? Nein, das kommt auf gar keinen Fall in Frage, sie will jetzt endlich ins Bett.

Aus Hilflosigkeit wird Wut auf ihren Mann, der partout nicht mit nach Hause wollte und nun den Hausschlüssel hat. Aus Wut wird Entschlossenheit. Maria bückt sich. Der Zwischenraum zwischen Hauswand und Blumenbeet ist mit Kieselsteinen aufgeschüttet, im Dunkeln fühlt sie nach einem ganz großen, greift ihn und schmeißt in wilder Entschlossenheit und mit großer Wucht den Stein in die Fensterscheibe neben der Haustür. Das Bersten der Scheibe hallt durch die Nacht, gefolgt vom Klirren der Glasscherben beim Aufprall auf den Boden in der Wohnstube, doch in der Nachbarschaft bleibt alles ruhig, niemand ist von dem Lärm aufgewacht.

Vorsichtig bricht sie das Glas aus dem Rahmen heraus bis zu einer Größe, dass sie mit dem Arm durchgreifen und den Fensterhebel umlegen kann, ohne sich zu verletzen, und klettert durchs Fenster. Wenige Minuten später liegt Maria im Bett und schläft sofort ein.

Den Aufschrei, den Peter von sich gibt, als er heim kommt und die eingeschlagene Fensterscheibe bemerkt, hört sie nicht mehr.

Spät in der Nacht oder besser gesagt früh am Morgen sieht man die letzten Gäste schwankend den Heimweg suchen, sie fragen sich, warum die Häuser so schief sind und der Mond hell am Himmel grinst.

Fünf Freundinnen

Die fünf Schulmädchen sind dicke Freundinnen. Svenja, die älteste, hat vom großen Bruder ein paar Zigaretten im Tausch gegen Vokabeln abhören ergattert und die Mädchen haben lange überlegt, wo sie die Zigaretten unbeobachtet rauchen könnten. Schließlich fiel ihnen der Bretterschuppen oben an der Schulstraße neben der Bahnlinie ein, der steht weit genug entfernt vom letzten Haus, dort können sie von niemand gesehen werden, glauben sie jedenfalls.

Beinahe hätten sie Streichhölzer vergessen, Svenja lief schnell zurück, denn sie weiß, wo sie beim Bruder im Zimmer welche finden kann. Sie haben jetzt alles, die Zigaretten, Streichhölzer, etwas zum Trinken, und Marga hat sich eine Wolldecke unter den Arm geklemmt, für den Fall, dass sie sich auf dem Schuppenboden niederlassen möchten.

Kichernd kommen sie am Schuppen an, der nie verschlossen ist, schauen sich vorsichtshalber noch mal um, ob sie auch niemand gesehen hat, und betreten ihn. Es steht nur eine große Holzkiste darin, ein paar klapprige Stühle und ein Regal mit Sachen, die offensichtlich Bahnarbeitern gehören. Fenster gibt es keine, aber durch Ritzen und Spalten dringt etwas Licht und verleiht dem Inneren der Hütte ein schummriges fast gespenstisches Ambiente. Marga stellt die Stühle beiseite und breitet die Decke auf dem staubigen Boden aus.

Die Mädchen finden das alles urig, die Flasche Saft macht erst mal die Runde, Svenja schaut noch mal nach draußen, aber es ist auch jetzt keine Menschenseele zu sehen, und schließt die Tür wieder. Der große Augenblick ist gekommen, Svenja verteilt die Zigaretten, dann macht die Streichholzschachtel die Runde. Nacheinander zünden sich die Mädchen eine Zigarette an, Hustenanfälle unterbrechen ihr Gekicher, aber das stört sie nicht.

Das Unglück nimmt seinen Lauf. Fünf rauchende Mädchen in der kleinen Hütte, die aus Brettern zusammengenagelt ist, produzieren nicht nur jede Menge Qualm, sondern dieser kann durch die Ritzen nach draußen entweichen. Und wie der Zufall spielt, kommt ausgerechnet jetzt der Lehrer vorbei spaziert, der den durch die Spalten dringenden Rauch bemerkt und ein Feuer befürchtet. Schnell eilt er zum Schuppen und reißt die Tür auf.

Die Mädchen haben so viel Spaß, lachend erzählen sie sich Witze, dass sie die eiligen Schritte auf dem Schotterweg zum Schuppen nicht hören und erstarren vor Schreck, als die Tür aufgerissen wird und der Lehrer sie ungläubig anstarrt. Reflexartig halten die Mädels ihre Hände mit den Zigaretten hinter ihre Rücken, doch der Lehrer hat sofort erkannt, was hier vor sich geht.

Die Geschichte hat natürlich ein Nachspiel!
Am nächsten Morgen müssen sie zum Pauker und, wie es damals üblich war, gibt es ein paar kräftige Stockschläge in die hohle Hand.

Svenja hat eine Idee!
Nach der letzten Schulstunde warten sie, bis alle das Klassenzimmer verlassen haben, dann tupfen sie sich Tinte aus den in die Schulbänke eingelassenen Tintenfässchen auf die geschundenen Handflächen, die daraufhin in kürzester Zeit mächtig anschwellen.

Die ahnungslosen Eltern wiederum lassen ihre Töchter die nächsten zwei Tage wegen der geschwollenen Hände nicht zur Schule. Svenja und ihre Freundinnen nutzen diese Gelegenheit, sich auf Umwegen zum Twiebarg zu schleichen, jede mit einer Zigarette in der Jackentasche, allerdings dieses Mal während der Schulzeit, wo garantiert kein Lehrer vorbei kommt.

Die Geschichte hat sich so ähnlich um 1935 nahe der Grundschule an der Schulstraße zugetragen.

Die Raupe

Wie ein Maikäfer krabbelte ich auf allen Vieren auf dem Gehweg vor meinem Grundstück umher, um das Unkraut aus den Ritzen zu kratzen, eine mühselige und schweißtreibende Arbeit, aber zum bevorstehenden Dorffest sollte auch bei mir alles picobello sein.

„Was machst du da?" Nela, ein Mädchen aus der Nachbarschaft stand mit ihrem kleinen Bruder und einer Freundin neben mir und schaute interessiert zu. Eine Erklärung wartete sie nicht ab.

„Dürfen wir mal in deinen Garten?" kam ihre nächste Frage gleich hinterher.

Toll, dachte ich, die fragen wenigstens. Ich hatte es nämlich schon erlebt, dass Jungs aus der Nachbarschaft es als selbstverständlich ansahen, auch meinen Garten als Fußballfeld zu nutzen. Die Hecke auf der Grundstücksgrenze störte sie herzlich wenig.

„Macht aber nicht zu viel Unsinn und lasst die Hunde in Ruhe" rief ich den Kindern zu und sah sie die nächste Zeit sehr beschäftigt auf der Terrasse agieren.

„Elke, hier steht ein leeres Marmeladenglas, kann ich das haben?" rief eins der Kinder zu mir rüber. Was machen die da, fragte ich mich, kümmerte mich aber nicht weiter darum, der Gehweg war wichtiger. „Ja, nehmt es" antwortete ich nur. Ab und zu hörte ich ein „sieh mal, die ist schön!" oder „da ist noch eine!"

Nach einer Weile standen sie neben mir und zeigten mir stolz den Inhalt des Marmeladenglases. Schnecken, die mit dem Häuschen, hatten sie von der Mauer an meiner Terrasse gesammelt.

„Hey, das ist ja toll, was macht ihr jetzt damit?" aber ich bekam keine Antwort auf meine Frage, denn sie hatten eine wunderschöne Raupe entdeckt, die gerade vom Beet auf den Gehweg kroch, in Grüntönen schillerten ihre Haare in der Sonne und sie war ganz schön groß.

„Die nehmen wir auch mit" rief Mette und setzte die Raupe vorsichtig in ihre Handfläche, um ihr ja nicht weh zu tun und betrachtete sie ausgiebig aus der Nähe. Dann landete die Raupe auch im Glas, oben auf den Schnecken.

„Seht mal, Kinder, da drüben sind ganz viele Feuerwanzen, wollt ihr davon auch ein paar einsammeln?"

Nela schaute mich erschrocken an. „Die sehen ja unheimlich aus! Sind die giftig?"

„Die sind ganz harmlos, und der rote Panzer mit den schwarzen Flecken sieht doch toll aus." Nela schien beruhigt, vorsichtig sammelte sie ein paar Feuerwanzen auf, um sie auf Moos gebettet zu dem anderen Getier in das Glas zu legen.

Zufrieden mit dem Ergebnis ihrer Sammelaktion wollten die Mädchen nach Hause.

„Legt noch ein paar Grashalme und Blätter in das Glas, immerhin sollen sich die Tiere, besonders die schöne Raupe, wohl fühlen", was sie auch gleich machten. Aber jetzt hatten sie es wirklich eilig, denn Mama sollte den Zoo im Glas begutachten.

Während ich darüber sinnierte, dass die Kinder auf dem Land ein anderes Verhältnis zu Flora und Fauna haben als Stadtkinder, denen nur ein *igittigitt* entfährt, wenn sie Schnecken, Spinnen, Raupen und Käfer sehen, holte Knut sein Fahrrad von der Terrasse. Als er fröhlich winkend an mir vorbei radelte, rief er mir zu „Tschüss, alte Frau!"

Ich war sprachlos. Ist man mit Ende 50 in den Augen der Kinder alt? Wenn ich darüber nachdenke, hat Knut mit seinen etwa 5 Jahren Recht, ich könnte seine Oma sein, und als Kind fand ich meine Oma auch ALT.

Die Pille

Erika kommt vom Doktor in Norderstapel, ihr Kreislauf ist nicht sehr stabil zurzeit, und die Aufregung um den Arztbesuch hat sie erst richtig tüddelig gemacht. Das letzte Mal hatte sie einen Arzt gesehen, als ihr zweites Kind zur Welt kam, das liegt jetzt 35 Jahre zurück. Krank ist sie eigentlich nie gewesen, es zwickt halt mal das eine oder andere Gelenk, aber mit ihren 69 Jahren fühlt sie sich noch topfit, bis auf die Sache mit dem Kreislauf in den vergangenen Tagen, das macht ihr doch etwas Sorge.

Vor zwei Jahren ist Erika von Norderstapel nach Kropp zum Sohn gezogen, ihm ist die Frau weggestorben, und nun sitzt er da mit dem Bauernhof, 3 Kindern und dem vielen Vieh. Erika hilft so gut es geht, vor allem kümmert sie sich um die Enkel, damit sie pünktlich zur Schule gehen, regelmäßig eine warme Mahlzeit haben und ihre Hausaufgaben machen. Kochen und Backen ist sowieso ihre große Leidenschaft.

Aber heute müssen sie mal alleine zurecht kommen, es geht um ihre Gesundheit. Der Arzt hat ihr eine Packung Tabletten mitgegeben, die muss sie jetzt regelmäßig nehmen, wofür oder wogegen hat sie nicht so richtig verstanden, wie gesagt, sie fühlt sich ausgesprochen tüddelig. Jedenfalls soll sie die erste Pille in Dörpstedt einnehmen.

Erika ist mit dem Zug von Kropp nach Norderstapel gefahren, sie hat keinen Führerschein, „ist wohl auch besser so, wenn man so tüddelig ist" sinniert sie. Endlich sitzt sie im Zug und lauscht dem gleichmäßigen Rattern.

„Schaffner, wo sind wir?" Erika muss kurz eingenickt sein, sie ahnt Schlimmes, und winkt den Schaffner, der im Moment ihres Aufwachens im Waggon vorbei läuft, mit verzweifeltem Blick zu sich.
„Wir werden gleich Kropp erreichen" antwortet er.
„Heißt das, wir sind schon vorbei an Dörpstedt? Das geht nicht. Der Doktor hat gesagt, ich muss in Dörpstedt eine Pille nehmen. Oh je oh je, was mache ich denn nur."

„Tja, wenn das so ist, dann fahren wir besser noch mal zurück nach Dörpstedt, dort nehmen Sie die Tablette ein, und dann gehts nach Kropp."

Der Schaffner eilt zum Lokomotivführer, erklärt kurz die Situation, Erika hört die Dampfpfeife ertönen, der Zug wird langsamer und kommt bald zum Stillstand. Inzwischen steht der Schaffner wieder bei Erika im Abteil und reicht ihr ein Glas Wasser.

„Ich soll ihnen vom Lokführer ausrichten, dass wir den Bahnhof von Dörpstedt erst vor einer Minute verlassen haben, wenn sie die Pille bitte jetzt sofort einnehmen möchten, denn der Rückwärtsgang funktioniert heute nicht."

Als der Zug sich wieder in Bewegung setzt und wenige Minuten später im Bahnhof Kropp einfährt, wundert sich Erika zwar, wie schnell das ging, aber die Wirkung der Kreislauftablette setzt bereits ein, ohne weiter darüber nachzudenken, steigt sie entspannt und gelassen aus dem Zug.

Der Teppich

Hannah ist ein sehr zart gebautes Kind, sie ist fast schon als mager zu bezeichnen und erst vor ein paar Tagen 11 Jahre alt geworden.

„Hannah, ich fahre gleich nach Husum, ich möchte, dass du mit kommst, kannst mir beim Tragen der Einkäufe helfen."

Wenn Oma was sagt, ist es in der Regel keine Bitte, sondern ein Befehl, Hannah hat großen Respekt vor ihr. Dennoch ist Oma eine ganz liebe Person, immer besorgt um ihre Enkelkinder, besonders um Hannah, die zwar recht kräftig ist, wenn es darum geht, im Stall oder auf dem Feld zu helfen, aber gleichzeitig so ungemein zerbrechlich wirkt.

Damit Hannah nicht krank wird, wird sie von Oma ein Mal im Jahr abends vor dem Schlafen gehen zum Schutz vor Krankheiten am ganzen Körper, von den Zehenspitzen bis zum Hals, mit einer undefinierbaren öligen Emulsion eingeschmiert, anschließend in ein großes Betttuch gewickelt, so dass sie sich kaum noch bewegen kann, und einer Mumie gleich ins Bett gepackt. Alle nennen es Prickelöl, denn es kribbelt beim Einziehen in die Haut, als würde man in einem Ameisenhaufen liegen. Hannah findet das schrecklich.

Oma ist bereit. Den Strohhut auf ihrem schönen dichten und in der Farbe einem Reh ähnelnden rotbraunen Haar, mit Holzschuhen an den Füßen und in jeder Hand einen Korb, laufen sie zum Bahnhof.

In Husum ist nicht nur Markt, sondern auch ein großer Trödelmarkt. Stundenlang laufen sie von Stand zu Stand, allerlei nützlicher Kleinkram wird erstanden für den Haushalt und Hannah bekommt neue Stifte für die Schule. Und dann ist da dieses Fahrrad. Ein Herrenrad. Einige Male sind sie schon daran vorbei gelaufen, nun fängt Oma mit dem Händler ein Gespräch an, und nach langem Hin und Her einigen sie sich auf einen Preis, Oma ist stolze Besitzerin eines mittelgroßen schwarzen Herrenfahrrades. Hannah darf es schieben.

Eigentlich wollen sie sich langsam auf den Heimweg machen, also erst mal zur Bahnstation, aber da ist noch dieser wunderschöne Teppich, den Oma gleich nach dem Eintreffen auf dem Markt entdeckt hat. Er ist sehr groß und Oma weiß nicht, wie sie ihn nach Hause transportieren soll, und so ist der Teppich zunächst kein Thema, aber nun haben sie ja das Fahrrad. Sie gehen noch mal zu dem Händler, und der Teppich hängt tatsächlich noch da, seitlich am Verkaufsstand an einer dicken Stange befestigt. Dicht und dick geknüpft in verschiedenen Rottönen mit einem exotisch anmutenden Muster leuchtet er im Licht der tief stehenden Sonne. Der Trödler ist froh, ihn noch verkaufen zu können, und Oma muss gar nicht lange feilschen, der Handel ist schnell abgeschlossen. Doch wie bekommen sie diesen Teppich, in Hannahs Augen ist er riesig, bloß auf das Fahrrad?

Mit Hilfe des Händlers rollen sie ihn auf, hieven ihn hoch, so dass er auf dem Lenker aufliegt und über den Sattel bis zum hinteren Gepäckträger reicht, ja vorne und hinten sogar noch über das Fahrrad hinaus ragt. Während Oma und Hannah Rad und Teppich in Position halten, bindet der Händler mit einer dicken Schnur die Teppichrolle am Rad fest.

Die Körbe voll mit Krimskrams werden rechts und links an den Lenker gehängt, Oma schiebt vorne und Hannah hinten, so bepackt machen sie sich eilig auf zum Bahnhof, denn es ist spät geworden. Dort hilft ihnen ein freundlicher älterer Herr, schmunzelnd ob dieser etwas kurios anmutenden Fuhre, das Fahrrad mit dem Teppich in den Waggon zu bugsieren.

Oma macht einen etwas geschafften Eindruck und Hannah ist todmüde, sie möchte nur nach Hause und ins Bett, als der Zug in den Bahnhof von Norderstapel einfährt, wo Hannahs Vater bereits ungeduldig wartet und Oma sofort ziemliche Vorwürfe macht. „Das Kind muss morgen früh zur Schule, wie könnt ihr so lange fort bleiben!" und ohne eine Antwort abzuwarten, setzt er nach „wie kann man das Kind nur das schwere Fahrrad schieben lassen, und überhaupt, wozu brauchen wir so einen großen Teppich, wir haben doch einen sehr schönen! Aber das Fahrrad ist toll, es macht einen sehr stabilen robusten Eindruck, sieh mal, der Rahmen ist aus Stahl, der geht nicht so schnell kaputt! Die Reifen scheinen ganz neu zu sein."
Oma und Hannah grinsen sich an und gehen zufrieden, jede mit einem Korb am Arm, nach Hause, während Vater das Rad mit dem Teppich schiebt. Das Fahrrad, um 1935 gekauft, steht heute als Dekoration in Hannahs Garten.

Moor-Unfall

Dieter ist für eine Radioreportage mit Frau Professor und einigen Studenten von der Universität im Wilden Moor unterwegs. Von den vielen Moorgebieten früherer Zeit sind nur wenige erhalten geblieben, häufig erst durch Anhebung des Wasserstandes renaturiert worden, und stehen heute unter Naturschutz, so auch das Wilde Moor, ein Hochmoor auf der nordfriesischen Seite der Treene.

Um Interessierten einen Blick in das Moor zu gewähren, führt ein schmaler aus hölzernen Bohlen bestehender Lehrpfad hindurch, von dem die Studiengruppe immer wieder abweicht, um typische Moorbewohner wie Torfmoosrasen und Wollgras aus der Nähe zu studieren und zu fotografieren. Den Abschluss bildet ein Rundblick über diese beeindruckende Landschaft vom Beobachtungsturm und dann nimmt das Unglück seinen Lauf.

Auf dem Rückweg zum Parkplatz müssen sie über einen Graben springen, dabei verliert Dieter den Halt unter den Füßen und sinkt tief in die sumpfige Senke ein. Wie konnte das nur geschehen, er weiß es nicht, aber er steckt bis zur Hüfte im Schlamm. Die Studenten mühen sich, ihn aus seiner prekären Lage zu befreien, hieven ihn auf festen Untergrund, während Frau Professor krampfhaft versucht, ihr Lachen zu unterdrücken, was nicht besonders gut gelingt, immer wieder dringen ihre gurrend-quiekenden Laute an Dieters Ohr.

Da steht er nun, der Dieter, auf dem trockenen Weg. Aus seinen Stiefeln quillt das schlammige und modrig riechende Brackwasser des Grabens, darüberhinaus ist seine vorhin noch blaue Jeans jetzt bis zu den Hosentaschen von dunkelbraunem Matsch getränkt und mit grüner Wasserlinse, auch Entengrütze genannt, paniert. Dieter fühlt sich äußerst unwohl. Mit Hilfe zweier Studenten gelingt es ihm, die Stiefel auszuziehen und auszuschütten, um auf Socken zurück zum Parkplatz zu gelangen, es ist ein gutes Stück zu laufen, eine ganz schöne Tortur.

Am Auto angekommen tut sich ein neues Problem auf, mit der nassen, dreckigen und übel riechenden Jeans kann Dieter unmöglich ins Auto steigen. Gott sei Dank hat er immer ein Handtuch im Auto für den Hund. Während die Studenten die Schuhe wechseln und in ihre Fahrzeuge steigen, Frau Professor immer noch lachend wegschauen muss, zieht Dieter seine Hose aus, wickelt sich in das Hundehandtuch und verschwindet blitzschnell auf dem Beifahrersitz seines Wagens. Das Steuer muss jetzt Frau Professor übernehmen, denn barfuß geht das wirklich schlecht.

Alles nicht so schlimm, denkt sich Dieter, sieht ja keiner, dass ich keine Hose an habe, aber wie der Zufall das so will, kommt ihnen, fast zu Hause angekommen, der Gemeindearbeiter Jörg mit seinem Trecker entgegen. Von da oben hat man natürlich einen wunderbaren Blick in das Auto und es kommt, wie es kommen muss. Joachim fährt seinen Traktor vor Lachen beinah gegen einen Begrenzungspfosten am Dorfteich.

Die Geschichte macht schnell in Norderstapel die Runde, Dieter ist ohne Hose mit einer fremden Frau im Auto durchs Dorf gefahren. So ein Reporterleben kann ganz schön gefährlich sein!

Das Geheimnis

Gut versteckt in der Scheune steht seit längerem ein großer Topf, der größte, den sie finden konnten, normalerweise wird er zum Einwecken benutzt. Jetzt, im Frühjahr, gibt es jedoch noch kein Obst oder Gemüse zum Einwecken, so dass den Topf niemand vermisst. Ein alter Kartoffelsack und etwas Stroh machen ihn unsichtbar zwischen den hintersten Heuballen. Lies und ihr jüngerer Bruder Jan haben ihn dort deponiert, es ist schon einige Zeit her, denn was sie damit vorhaben, darf niemand wissen, schon gar nicht die Eltern. Der Topf ist keineswegs leer, geschrotete Gerste quillt hier in Wasser, und immer, wenn sie sich unbeobachtet fühlen, schauen sie nach, ob ihr gut gehütetes Geheimnis auch noch niemand entdeckt hat.

Heute ist es soweit. Bereits seit zwei Tagen wissen Lies und Jan, dass sie heute alleine zu Hause sein werden, denn die Eltern wollen mit der Bahn nach Husum fahren. Besorgungen, die nur in dem dortigen großen Kaufhaus erledigt werden können, stehen an. Eigentlich müssten die Kinder in der Schule sein, aber der Lehrer ist seit einigen Tagen krank und die Schule fällt aus, bis er wieder gesund ist. Gleich nach dem Frühstück verabschieden sich die Eltern, nicht ohne den Kindern noch einige Verhaltensregeln zu geben.

Die Eltern sind kaum zur Tür raus, da laufen Lies und ihr Bruder aufgeregt vor Spannung und Vorfreude zur Scheune, schleppen den schweren Topf in die Küche, füllen den gärenden und nicht gerade angenehm riechenden Inhalt mit Wasser auf und stellen ihn mit vereinten Kräften auf den noch vom Frühstück heißen Kohleherd.

„Bist du sicher, dass wir nichts falsch machen?" Jan kommt der Geruch sehr seltsam vor.

„Mama macht das genau so, hol du mal noch Kohle!"
Lies sucht sich den längsten Kochlöffel, um den Topfinhalt gut zu verrühren, während Jan Kohlebriketts aus dem Schuppen holt, um anschließend mehrere

auf die Glut zu legen. Es dauert eine Weile, bis es im Topf anfängt zu köcheln, Lies verschließt ihn mit dem Deckel.

„Lass uns raus gehen, das kann jetzt eine Weile kochen" meint Lies. „was sollen wir in der Küche hocken und warten, bis der Schnaps fertig ist, lass uns lieber Ball spielen."

Es vergehen ein paar Stunden, die beiden vergessen die Zeit, genießen die Freiheit, unbeobachtet von den Eltern toben sie sich aus.

Ein ohrenbetäubender Knall lässt sie vor Schreck erstarren.

„Das kam aus dem Haus, aus der Küche!" ruft Lies und rast los. In der Küche herrscht das totale Chaos. Der Topf mit dem Angesetzten war in die Luft geflogen, der Deckel gegen die Zimmerdecke geknallt und mit einem Haufen Putz wieder runter gefallen, der Topf lag auf dem Boden, und das Gerstegemisch klebte auf den Küchenmöbeln, an der Wand und auf dem Fussboden.

Lies und ihr Bruder räumen auf, machen sauber, werfen den schweren Topf in den Teich hinter dem Haus und schaffen es trotz aller Mühe nicht, die Schäden vollständig zu beseitigen. An der Decke in der Küche klafft ein kreisrundes Loch, wenn man genau hin sieht, bemerkt man ein Stück dunkles Holz vom unter dem Putz liegenden Deckenbalken, daneben schwankt die noch intakte Küchenlampe wie ein Pendel hin und her.

Lies und Jan versuchten sich nie wieder als Schnapsbrenner.

Einfacher und nicht so gefährlich ist dieses Rezept meiner Oma:
3 EL Kümmel, 1 TL Zucker
700 ml Schnaps z.B. Doppelkorn 38%
Ein paar Körner Meersalz
Kümmel zerkleinern mit Mörser oder Mühle und mit den anderen Zutaten in ein fest zu verschließendes Gefäß geben.
8 Wochen an einem dunklen Ort ziehen lassen, gelegentlich schütteln.
Danach den Schnaps durch ein doppelt gelegtes Mulltuch in eine Flasche füllen, kalt stellen und genießen.

Kopf- und Bodenlos

„So, ihr Lieben, wir haben jetzt lecker und ausgiebig gefrühstückt, draußen ist herrlicher Sonnenschein, ich würde jetzt gerne mal Norderstapel und seine Umgebung kennen lernen!"

Udo und Brian sind gestern angekommen und es ist spät geworden, wir hatten uns viel zu erzählen und haben etwas länger als gewohnt geschlafen. Jetzt, nach dem Pott Kaffee und frischen Brötchen, kehren unsere Lebensgeister langsam zurück und Udo hat es eilig, in die Natur zu kommen.

Bei dem schönen Wetter brauchen wir nur eine leichte Jacke, Hunde an die Leine, und ein paar Minuten später sind wir auf dem Weg zur Treene. Die Männer rennen los, als wäre der Teufel hinter ihnen her, am Schöpfwerk reicht es mir.

„Udo, jetzt hör doch mal auf, so zu rennen, ich dachte, ihr wollt etwas von der schönen Natur sehen, habt ihr überhaupt mitbekommen, dass neben uns die Treene fließt und vorhin auf der Wiese mehrere Störche nach Futter suchten?"

Spaiki, der alte Hund, ist ganz schön am Japsen und froh, sich eine Weile ins kühlende Gras legen zu können. Wir lehnen am Geländer, das die Seite zum Graben am Schöpfwerk sichert. An dieser Seite ist hoch über uns eine überdimensionale Schaufel an einer mehrere Meter langen Schiene montiert, in regelmäßigen Abständen fährt die Schaufel hin und her und runter ins Wasser, um Gras, Schilf und Unrat aus dem Graben zu holen. Es ist ein Entwässerungsgraben in einem ausgeklügelten System vieler weiterer Gräben, das Wasser fließt in diesem Graben zusammen und weiter in die Treene.

„Elke, sieh doch nur, da drüben liegt etwas im hohen Gras, in der Böschung am Graben, es sieht aus wie ein Kind." Udo zeigt mit ausgestrecktem Arm auf das andere Ende des Schöpfwerkes.

Tatsächlich, als ich mich weit über das Geländer recke, sehe ich es auch, auf der anderen Seite vom Graben, der hier recht breit ist, sind Kinderbeine zu erkennen, der Oberkörper bleibt hinter dem Schöpfwerk verborgen. Ein unbeschreiblicher Schreck durchfährt mich, Sekunden später fummel ich mein Handy aus der Hosentasche, ich stecke es wieder zurück und rase um das Gebäude herum zu der Seite, wo das Kind im Gras liegt, jeden Moment in den Graben rutschen kann. Udo und Brian folgen mir langsam. „Typisch Mann" schießt es mir durch den Kopf.

Was ich dann sehe, lässt mich erstarren, der Körper hat die Größe eines kleinen Kindes, bewegungslos liegt es da, auf dem Bauch, in einem hellen Strampelanzug mit seltsam verschränkten Beinchen, ohne Schuhe, und ich sehe keinen Kopf. Udo und Brian stehen hinter mir, allesamt regungslos und fassungslos, gelähmt vor Schreck, vor uns eine hüfthohe Mauer, die auf dieser Seite den Graben sichert.

„Ich schau mal, ob ich da irgendwie ran komme" murmel ich und suche mir einen Weg um die Mauer zur Böschung, wo das Kind liegt. Mein Herz rast, ich fühle den Schweiß auf meiner Stirn, fummel wieder nach meinem Handy, um die Polizei anzurufen, als ich die kleine Hand aus dem Gras nach oben ragen sehe, die eindeutig aus Plastik ist. Es ist eine Puppe.

„Es ist eine Puppe!" schreie ich in einer Mischung aus Erleichterung, Entsetzen und Wut. „Welcher Idiot schmeißt hier eine Puppe hin!"

Nachdem die ganze Zeit keine Menschenseele vorbei gekommen ist, hören wir Motorengeräusch näher kommen. Es ist die Jugendfeuerwehr, heute ist die Aktion Sauberes Dorf, überall im und außerhalb des Ortes sind freiwillige Helfer unterwegs, um den Unrat an den Wegesrändern einzusammeln, so auch die jungen Feuerwehrleute. Sie hätten die Puppe nicht sehen können, versteckt hinter der Mauer und im hohen Gras, wir übergeben sie ihnen mit einem immer noch mulmigen Gefühl in der Magengegend.

„Lasst uns weiter gehen, wenn wir dem Weg entlang der Treene folgen, kommen wir zu einer alten Eisenbahnbrücke" schlage ich vor.

Kurz hinter der Huder Fähre führt ein Weg nach links, weg von der Treene, kein gepflasterter Weg, eher ein Pfad.

„Reit- und Fahrweg wegen Bodenlosigkeit gesperrt" steht auf einem Schild am Beginn des Weges, der durch Schilf zu einem Wald führt, dabei macht er einen guten Eindruck, grasbewachsen sind Spuren eines Fahrzeuges zu erkennen.

„So schlimm kann es nicht sein, da gehen wir jetzt lang!" bestimmt Udo die neue Richtung. Die Hunde müssen an die Leine, sie scheinen Wild zu wittern, das wir in dem Gestrüpp, das langsam in ein Reetfeld übergeht, nicht hören und sehen können. Alleine würde ich diesen Weg nicht gehen, aber in Begleitung von Udo und Brian finde ich diesen Weg sehr spannend. Schlimmstenfalls müssen wir umkehren.

Je weiter wir dem Weg folgen, um so nasser wird er, erst sind es nur Pfützen, die wir umgehen, aber bald haben wir so viel Wasser unter den Füßen, dass wir nur noch langsam von einer Grasnabe zur nächsten hüpfend voran kommen, bis wir schließlich durch Wasser waten. Ich fluche leise vor mich hin, unsere Schuhe sind nass, das Wasser zieht die Hosenbeine hoch, mein alter Hund kommt hier nicht voran und ich muss ihn an den schlimmsten Stellen tragen.

„Zurück gehen bringt jetzt auch nichts mehr, nasser können unsere Füße nicht werden!" kommt von Udo die Antwort auf meine Flüche.

Langsam reicht es mir, erst die Sache mit der Puppe und jetzt im Moor versinken, na toll! Dass wir tatsächlich im Nordmoor unterwegs sind, wird mir erst jetzt bewusst, warum ist mir das nur nicht eher eingefallen. Jetzt, wo der Weg trockener wird, nehme ich diese einzigartige Landschaft erst wahr, bewachsen mit Binsen, Sträuchern und Bäumen, die im nassen sumpfigen Boden überleben können. Einzelne Sonnenstrahlen dringen durch das Dickicht auf mit Moos bewachsene umgeknickte Äste und Stämme, und wirken wie bizarre Kunstwerke.

Beeindruckt von dieser Stimmung erreichen wir einen festen Weg und machen uns durchnässt, schmutzig, hungrig und durstig auf den Heimweg.

„Den Rundgang durch das Dorf unternehmen wir heute Abend!" Udo wischt sich den Schweiß von der Stirn und sein bestimmender Tonfall lässt keinen Widerspruch zu.

Soll und Haben

Mitten in der Diele steht der wuchtige Schreibtisch aus massivem Eichenholz, von der Arbeit seines Besitzers gezeichnet, überall sind Kratzer, Tintenflecke und Abplatzungen zu sehen, nur an einzelnen Stellen ist noch der ursprüngliche dunkle Schellack zu erkennen. Vier mächtige Schubladen sind in geordnetem System voll gepackt mit Papieren, Formularen, Kontenblättern, Kundenkarten und einer Geldkassette. Rechts auf dem Schreibtisch dominiert die uralte Rechenmaschine *Arithmometer*, mittig neben dem in die Tischplatte eingelassenen Tintenfässchen liegt eine flache Holzschale mit unzähligen Bleistiften und einem Füllfederhalter, links außen stapeln sich fein säuberlich aufeinander gelegt einige Akten und mehrere Stempel hängen in einem runden Ständer.

Claus-Peter sitzt hinter seinem Schreibtisch in einem mächtigen Stuhl, von dem nur die wunderschönen Drechselarbeiten der Lehne neben den Schultern des großen kräftigen Mannes zu sehen sind. Vor dem Schreibtisch steht ein einfacher Küchenstuhl.

Die Diele des Bauernhauses zwischen Stallungen und dem Wohnbereich beherbergt die Filiale des regionalen Geldinstituts für Norderstapel. Claus-Peter hat, um diese Tätigkeit ausüben zu können, vor einiger Zeit in der Hauptstelle eine Ausbildung absolviert, um das Soll und Haben, Konten, Ein- und Auszahlungen sowie den Umgang mit Formularen und Überweisungen gewissenhaft führen zu können. Geöffnet ist die Bank Montag von 15 bis 16 Uhr und Mittwoch von 9 bis 10 Uhr, denn Claus-Peter ist hauptberuflich Landwirt. In seiner Funktion als Sachbearbeiter für das Sparkassenwesen übernimmt er auch die Abrechnungen der Meierei mit den Bauern über die Milchlieferungen.

Klara sitzt vor ihm auf dem etwas wackligen Küchenstuhl, der zwar stabil ist, aber auf dem mit Feldsteinen ausgelegten Dielenboden den 4 Stuhlbeinen keine ebene Grundlage bietet und dadurch bei jeder Bewegung wackelt. Klara kennt das bereits, ein Mal im Monat sitzt sie vor Claus-Peter, um Geld zu holen.

„Also, Klara, die Abrechnung der Meierei besagt, dass ihr im Mai 225 Liter Milch abgeliefert habt. Der Milchpreis beträgt 8,83 Pfennig, das macht summa summarum 198 Mark 68. Soll von dem Betrag etwas auf euer Konto gebucht werden?"

Claus-Peter weiß, dass Klara immer knapp bei Kasse ist, und so erhält er auch heute wieder von ihr die Antwort „bitte zahle mir von der Summe 180 Mark in bar aus, der Rest soll aufs Konto gehen."

Aus der untersten Schublade nimmt Claus-Peter eine große stählerne Kassette mit Vorhängeschloss, um Klara das Geld auszuzahlen. Dann zieht er zielsicher aus der oberen Lade zwei Formulare hervor und füllt sie aus.

„Du musst mir die Belege über die Auszahlung und die Buchung aufs Konto jeweils unten rechts unterschreiben."

Klara hat es plötzlich sehr eilig, steckt die Geldscheine in einen kleinen Stoffbeutel, unterschreibt die Zettel, verabschiedet sich mit einem knappen „Tschüss denn!" und verlässt hastig die Diele. Kurze Zeit später steht sie im Kaufmannsladen und rechnet mit Paul ihre Schulden ab, der Rest muss für die nächsten vier Wochen reichen.

Claus-Peter hat inzwischen seine Sparkasse geschlossen, die Geldkassette sicher in der Schlafstube ganz hinten im Kleiderschrank verstaut, und widmet sich wieder seinen landwirtschaftlichen Aufgaben.

Klara ist auf dem Weg nach Hause und froh, für den Moment schuldenfrei zu sein.

Paul ist auf dem Weg zum Gasthof, dort muss er noch die Rechnung über 55 Mark 55 für seine Geburtstagsfeier, seinen 55sten am 6. Mai 1935, begleichen.

Weihnachten

1605 soll in Straßburg der erste Christbaum als Gabenbaum, aber ohne Kerzen, hergerichtet worden sein und um 1830 wurden die ersten Christbaumkugeln geblasen. Waren das doch noch schöne und besinnliche Zeiten.

Heute blinkt und leuchtet es spätestens ab dem 1. Advent in allen Fenstern und Gärten, auch in Norderstapel. Weihnachtsmänner aus Plastik klettern am Fallrohr hoch oder hocken im Spalier bzw. der Dachrinne, überdimensionale Schneemänner stehen leuchtend und festgezurrt wie ein Zelt auf der Wiese, und große und kleine Stäbe mit LED-Licht stecken im Beet. In Licht gehüllte Rentierschlitten machen auf dem Dachfirst halt, Garage und Schuppen sind mit Lichterketten verziert, aus den Hecken blinkt es mal bunt, mal weiß, aber auf jeden Fall in Intervallschaltung.

An öffentlichen Gebäuden und Plätzen stehen wunderschön gerade und gleichmäßig gewachsene Tannen mit roten Kugeln und das warme Licht der Beleuchtung wird per Zeitschaltuhr oder Dämmerungsschalter gesteuert.

In einer deutschen Großstadt wollte man es mal ganz anders machen und engagierte einen Künstler für die Kreation eines Weihnachtsbaumes. Das Kunstobjekt besteht aus alten Eisenstangen, die zu einem „Tannenbaum" drapiert und mit Stoppschildern, Schaufensterpuppen, Teddys und weiterem Hausmüll geschmückt sind. Dieses Highlight der Weihnachtskunst steht direkt neben der Kirche und spuckt alle dreißig Minuten Feuer, weshalb es bewacht werden muss. Medien, Bürger und der Weihbischof sind entsetzt.

Zu Hause steht inzwischen die weihnachtliche Dekoration der Wohnstube auf dem Plan. Geschmückt wird mit allem, was Dachboden, Super- und Baumarkt an Material hergeben. Wer einen Plastiktannenbaum sein Eigen nennt, stellt ihn bereits am letzten November-Wochenende im Wohnzimmer auf, wer eine echte Fichte bevorzugt, wartet damit bis kurz vor Weihnachten, denn in der trockenen Zimmerluft fängt der Baum doch schnell an zu nadeln.

In welchen Farben der Baum geschmückt wird, gibt uns der Zeitgeist bzw. das Angebot in Kaufhäusern und Baumärkten vor und wechselt von Jahr zu Jahr, genauso wie der Baumschmuck in Form von Kugeln, Ketten und Girlanden. Die Hersteller in Fernost danken es uns, indem sie mit immer neuen Ideen für Baumgestaltung und Lichtdekoration unsere Kauflust und ihre Wirtschaft ankurbeln.

Mit Licht und Baum ist es aber nicht getan. Regale, Kommoden, Tische, Wände und Fenster werden zusätzlich mit Engelchen, Weihnachtsmännern, Christkindern, glitzernden Kugeln und Sternen aus Holz, Porzellan, Glas, Metall, Filz oder Plastik geschmückt. Tischdecken sind mit Sternchen und Tannengrün bestickt und für diese wunderbare Zeit holen wir selbstverständlich das Porzellan mit Weihnachtsdekor vom Dachboden. Kerzen in ausreichender Zahl und in allen Größen, farblich auf die Dekoration des Tannenbaums abgestimmt, liegen ebenso bereit wie die CDs mit Weihnachtsmusik von Klassik bis Pop.

Wer noch Platz hat in der Wohnstube, baut die Krippe auf, den Stall mit Stern, 2 Palmen, 3 Könige, Engel, Ochse und Esel, Hirte mit 2 Schafen, Maria und Josef sowie Jesus in der Krippe. Die neueren Modelle sind natürlich beleuchtet, der Stern blinkt, und leise hört man „Ihr Kinderlein kommet" irgendwo aus der Krippe dudeln.
Apropos, im Radio laufen mittlerweise die klassischen Weihnachtslieder rund um die Uhr, allerdings im Wechsel mit den aktuellen Charts und den Wunschtiteln der Zuhörer. Das Fernsehprogramm ist ähnlich strukturiert, die Weihnachtsfilme der letzten 50 Jahre werden wiederholt, mindestens jeden zweiten Abend kann man sich ein festliches Programm mit besinnlichen Liedern passend zur Weihnachtszeit ansehen, Spendenmarathons und Jahresrückblicke mit den Highlights aus Politik, Sport und guten Taten sind äußerst beliebt beim Publikum, die Kochshows haben sich auf weihnachtliches Gebäck und Gänsebraten spezialisiert, und um mal auf andere Gedanken zu kommen, läuft zwischendurch ein Grusel-, Sciencefiction- oder Actionfilm.

Plötzlich, ganz plötzlich, stellen wir fest, dass im Haus und ums Haus herum zwar alles perfekt vorbereitet ist für die 3 Weihnachtstage, aber...die Geschenke fehlen noch! Jetzt geht der Stress erst richtig los. Eine Liste der zu Beschenkenden scheint sinnvoll, Familie, Freunde, Nachbarn – bloß niemanden vergessen, und auch nicht das Geschenkpapier und die Schleifen. Die einschlägigen Geschäfte werden abgeklappert, Kataloge gewälzt, das Internet durchforstet.

Weihnachtsbraten vorbestellen und die Getränke kalt stellen ist bei all der Weihnachtsvorbereitung noch die leichteste Übung, problematisch ist allerdings das Platzangebot im Kühlschrank. Oma hat eine Idee. „Kauft euch doch endlich mal einen Größeren". Gesagt – Getan. Im Elektrogeschäft des Nachbardorfes wird das Topmodell gekauft – Klimaklasse T für Tropen und geeignet für Umgebungstemperaturen von -18° bis + 56°, produziert nach den Richtlinien für Haushaltsgeräte 2011/33/2, mit Gütesiegel des Umweltschutzverbandes und der Bestnote „sehr gut" bewertet.

Oh du schöne Weihnachtswelt...

Bimmelbahn

Im ländlichen Raum kann man nicht mal eben zur U-Bahn-Station um die Ecke laufen, um im Nachbardorf schnell Aufschnitt für das Abendbrot zu holen. Die Bushaltestelle ist zwar nicht weit, allerdings fährt der Bus nicht so oft, wie Städter das gewohnt sind. Ohne Auto wird jede Besorgung oder der Arztbesuch zu einer zeitaufwändigen Aktion.

Das war früher auch nicht viel anders, mit dem Pferdewagen ging es ebenfalls nicht gerade schnell voran, aber es gab die Eisenbahn und in Norderstapel kreuzten sich zwei Bahnlinien, jede Strecke hatte einen Bahnhof, man kam bequem nach Husum, Rendsburg oder Schleswig.

Über Verspätungen bei den öffentlichen Verkehrsmitteln und Schadenersatzforderungen bei Unpünktlichkeit hat früher niemand diskutiert, man war zufrieden, dass es die Bahnstrecken gab. Den Lokomotivführer der allgemein nur *Bimmelbahn* genannten Dampflok kannte man gut, und so waren aus heutiger Sicht außergewöhnliche Maßnahmen, die schon mal zu einer Unpünktlichkeit führen konnten, damals selbstverständlich.

Wenn zum Beispiel Oma Emma, wohnhaft mitten im Dorf nahe dem Bahnhof, aufs Feld musste, das außerhalb des Dorfes an der Bahnstrecke lag, dann ging sie mit ihren Körben im Arm und Strohhut auf dem Kopf zum Bahnhofshäuschen. Die Zeit bis zum Eintreffen der Bahn nutzte sie zum Austausch von Neuigkeiten aus dem Dorf mit den anderen Reisenden, niemand trommelte nervös mit den Fingern auf der Armbanduhr und stöhnte „wo bleibt denn nur der Zug."

Emma stieg nicht gleich in ein Abteil, nein, sie ging zuerst zum Lokführer.
„Moin Hans, na, wie geht es deinem Arm, hast du noch Schmerzen?"
„Alles wieder gut, Emma. Wo soll ich denn anhalten, du scheinst aufs Feld zu wollen."

So oder ähnlich mag die Begrüßung ausgefallen sein, und Emma erklärte ihm ihr Ziel.

„Ich muss zum Acker am Holzstreng, wenn du dort kurz anhalten könntest", stieg in das nächstbeste Abteil, und kurze Zeit später hielt Hans seine Lok an der gewünschten Stelle an.

„Nimmst du mich nachher wieder mit zurück?"
„Na klar, warte dort drüben, auf der Kuppe sehe ich dich schon von Weitem. Bis nachher, Emma."

Emma stand am Gleis, die Körbe gefüllt mit Gemüse und Kartoffeln, und lauschte dem leisen Rattern des herannahenden Zuges. Das Rattern wurde lauter, eine Rauchwolke aus hell- bis dunkelgrauem Dampf stieg senkrecht zum Himmel auf und wurde größer, kurz darauf kündigte Hans mit drei kurzen Pfiffen der Dampfpfeife den Stopp an.

Jedes Jahr zu Weihnachten bekam der Lokführer als Dankeschön eine Flasche Selbstgebrannten und ein Paar selbstgestrickte warme Strümpfe.

Das Fohlen

An diesem schwül-warmen Spätsommertag im September sitze ich bei Johanna auf der Terrasse und sie erzählt mir von Früher. Ich liebe ihre Anekdoten, viele davon habe ich aufgeschrieben und in diesem Buch mehr oder weniger wahrheitsgetreu wiedergegeben.

Weil ein Paket zur Post muss, bin ich mit dem Auto da. „Wenn du nach Süderstapel fährst, könntest du mich nicht mitnehmen? Ich komme ja nicht mehr oft dahin, weil es zu Fuß für mich zu weit ist."

So kommt es zu einem Ausflug kreuz und quer durch Süderstapel. Ich erfahre von der Kiesgrube, die einst ihrer Familie gehörte und jetzt Naturschutzgebiet ist. Ganz in der Nähe erkennt man an einem Haus, dass hier einst die Windmühle stand, an der Hauswand ist sie in Form eines Reliefs dargestellt. Wir fahren vorbei an dem ehemaligen Bahnhofsgebäude, das ich später auf einem alten Foto wieder erkenne. Das Gebäude hat sich kaum verändert und Johanna erzählt mir von dem alten Stall, der heute zu einem gemütlichen Café umgebaut ist.

Am Eider-Ufer hatten ihre Großeltern ein Ruderboot liegen, hier wollen wir den Ausflug beenden. Am Badestrand stehen viele Bänke und ich schlage Johanna vor, hier noch etwas zu verweilen und den Blick über den Fluss zu genießen. Nahe dem wunderschönen Wohnhaus der ehemaligen Ziegelei stellen wir das Auto ab und wenden uns dem Zugang zum Strand zu.

Aber wir bleiben erst mal stehen, denn aus dem Ziegeleiweg kommt eine Gruppe auf uns zu, die unser Interesse weckt. Ein Reiter, eine Radfahrerin, ein Fohlen und zwei Hunde lassen wir vorbei und wundern uns, warum einer der beiden Hunde weggejagt wird. Ist es ein Nachbars-Hund, der einfach Lust hatte, die Gruppe zu begleiten?

Die Gruppe bewegt sich auf den Deichweg zu, und wir wollen jetzt zum Strand, als wir wieder stehen bleiben. Das Fohlen, eben noch neben dem Reiter, kommt zurück – jagt allein zurück zur Ziegelei, wo die Gruppe vor ein paar Minuten her kam. Unsere Blicke folgen dem Fohlen, als wir ein weiteres Pferd entdecken, das wiehernd und völlig aufgeregt über die Koppel am Haus galoppiert, vom Zaun gestoppt wird und zurück Richtung Haus hetzt. Es scheint die Mutter des Fohlens zu sein.

Da kommt auch schon der Reiter zurück und bringt das Fohlen dazu, wieder mit ihm Richtung Eider zu laufen.

Johanna und ich schauen jetzt gebannt der Stute bei ihrer Hetzjagd um die Koppel zu, sie scheint verzweifelt zu versuchen, ihrem Fohlen nachzulaufen, wird aber immer wieder von der Umzäunung gestoppt, ihr Wiehern ist herzzerreißend. „Warum nehmen die Leute denn das Pferd nicht mit?" Kaum ausgesprochen, ist das Fohlen erneut dem Reiter entwischt und prescht an uns vorbei. Offensichtlich will es nur eins, zurück zur Mutter.

Endlich gibt es doch noch ein happy end für das Fohlen und die Stute, denn natürlich kam auch der Reiter wieder zurück und kurz darauf verließ er mit Fohlen und Stute erneut das Gelände, um sich zum dritten Mal auf den Weg zur Eider zu machen. Warum nicht gleich so.

Wir wenden uns endlich dem Strandgelände zu, suchen uns eine Bank direkt am Wasser und Johanna erzählt mir, wie sie als kleines Mädchen mit ihrer Oma über die Eider ruderte, um Verwandte auf der anderen, der Dithmarscher Seite des Flusses, zu besuchen.

Der Baum

Auf meinem Grundstück stehen einige ziemlich große Bäume, darunter zwei wunderschön gewachsene Linden, eine gerade und aufrecht, die andere vom Westwind gebeugt und schief, beide mit gleichmäßig ausladenden Kronen.

Zwischen den Linden ragt eine Eiche hoch gen Himmel, ihr Stamm ist im Verhältnis zur Höhe irgendwie dünn, aber sie macht einen gesunden Eindruck. Ein Elsternpaar hatte im letzten Jahr hoch oben ihr Nest gebaut und drei Junge groß gezogen. Mit Begeisterung beobachtete ich das Elstern-Familienleben, besonders, als die Jungen flügge waren und ihre ersten Ausflüge unternahmen. Begehrt war als erste Station das nahe zum Nest gelegene mit Moos bewachsene Schuppendach, wohl eine wahre Fundgrube für das Nahrungsangebot junger Elstern.

Unweit der Eiche ist eine Dreiergruppe Jasmin wild zu enormer Höhe gewachsen, ein beliebter Treffpunkt für Spatzen und Amseln. Eine Wallhecke, bewachsen mit Flieder, einer Buche und weiteren mir unbekannten Baum- und Straucharten, stellt die Grundstücksgrenze dar. Ich empfinde es als großes Glück, dass mein Gehölz zum ökologischen Gleichgewicht beiträgt und den verschiedensten Tierarten Lebensraum bietet.

Als ich das erste Mal nach dem Hauskauf an einem heißen Sommertag Schatten und Kühle suchte, zog ich mit Gartenstuhl und Klapptisch von der Terrasse unter die Bäume, wo eine leichte Brise die Hitze erträglich machte.

Mein Blick ging nach oben in die Baumkronen. Irgendwo aus dem dichten Laub drangen leise Vogelstimmen zu mir, ich konnte sie nicht sehen und auch nicht an ihrem Zwitschern identifizieren, aber es schien mir, als hätten sie meinen Gedanken gelauscht und wollen mir nun bestätigen, welch wichtiger Lebensraum diese Bäume für sie sind.

Eine Spatzenmeute vergnügte sich an der Vogeltränke, die ich zu Beginn der warmen Jahreszeit an einer schattigen Stelle eingerichtet hatte. Die große

Wasserschale mit dem Stein in der Mitte ist eine äußerst beliebte Badestelle, besonders Amseln nutzen sie als Wellness-Oase.

Ein unbeschreiblich schönes Gefühl überwältigte mich – das sind meine Bäume, sie wachsen auf meinem Grundstück, sie gehören mir, und ich werde alles dafür tun, sie zu pflegen und zu erhalten. Noch lange schaute ich in die Baumkronen und hörte den Vögeln zu, während die Sonne durch das Laub blitzte und langsam ihren Weg nach Westen fortsetzte.

Ein 100jähriger Laubbaum leistet Jahr für Jahr fast Unvorstellbares:

- *er bindet 6298 kg giftiges Kohlendioxid*
- *er produziert 4580 kg Sauerstoff*
- *er filtert 1 Tonne Staub und Gifte*
- *er bindet rund 3000 l Wasser und gibt es phasenweise wieder ab*
- *er ernährt 2500 Regenwürmer*
- *er bietet Vögeln und Insekten Lebensraum, Nahrung und Nistplatz*

Wenn man einen 100jährigen Baum fällen würde, müsste man 2500 junge Bäume pflanzen, um ihn vollwertig zu ersetzen.[13]

---

[13] stiftung-klimawald.de

Die Eiche

von Henrik van de Snepscheut

Das Samenkorn fällt zu Boden und begnügt sich mit Vorhandenem.
Es beschwert sich nicht, verlangt nicht mehr,
akzeptiert das Gegebene und setzt es um,
nistet sich ein.

Der Setzling reckt das Haupt zum Himmel,
sucht die Sonne, das Licht, den Kosmos.

Verankert in Mutter Erde,
von ihr genährt,
umspült von einer Symphonie alles erzeugender Energien des Daseins
wird das Bäumchen selbst zu Raum.

Bietet Schutz,
Nahrung,
Wärme und Geborgenheit
und wird zum Splitter der Holografie des Ganzen.

Ein Splitter nur
vom Spiegel des allumfassenden Geschehens.
Ein Stückchen aber,
was alles enthält.
Eine Fraktion nur
und doch die Spiegelung des ewigen Seins.

Und der Baum lebt nur im Heute.
Vergangenheit war der Weg
und die Zukunft wird sich ergeben.

Ich möchte leben wie diese Eiche,
großartiges Ergebnis der Selbstverständlichkeit
und meine Lebenskraft empfinden im momentanen Sein!

Krawumm

Von Steffi Scherwath

Im Herbst 2010 wurde bei Cathlen ein Gehirntumor diagnostiziert, der aufwändig operativ entfernt werden musste. Viele liebende Gedanken, Wünsche und Gebete haben sie durch diese Zeit begleitet. Vom Begleitschutz durch Engel erzählt Steffi Scherwath.

„Es geht los!" „Es geht los!" „Es geht los!" „Es geht los!" Der Ruf setzt sich Echohaft durch den gesamten Nordtrakt der Uniklinik fort. Es ist Montagmorgen, 6 Uhr früh am 1. November 2010.

„Frau Wegmann, Aufwachen, jetzt geht es los!", kommt jetzt auch von der Schwester, die das Krankenzimmer betritt. Durch den Türspalt rauschen mit Krawumm zwei Dutzend Engel. Ein weiteres Dutzend klatscht von außen links und rechts neben die Tür. Benommen reiben sie ihre gestauchten Nasen und spreizen die geknickten Flügel. „Ist das hier voll", kommentiert einer, „sind die alle bestellt?"

Cathlen ist mit dem ersten Wort der Krankenschwester hellwach. Heute muss sie unters Messer, der Hirntumor, den sie verächtlich Willi nennt, muss entfernt werden. Die Schwester verabreicht ihr eine sogenannte Schietegalpille, die Wirkung ist jedoch begrenzt. Hier ist nichts schietegal und die Angst so riesengroß, dass sie fast gänzlich das Zimmer füllt, wären da nicht schon die Engel.

„Hey, fasst mal mit an!", ruft einer, der die Angst schon gepackt hält und sie zur Tür zerrt. Die anderen packen mit an, als die begreifen, was ihr Kollege vorhat. Gemeinsam bugsieren sie das Monster zur Tür hinaus, in den Fahrstuhl, nach unten und von dort weiter zum Lieferwagen des Wäschereidienstes, der auf der Rampe mit weit geöffnet Türen dasteht wie bestellt. Ächzend stopfen sie die Angst hinein, knallen die beiden Türen zu und klopfen sich die dreckigen Flügel sauber.

„Einmal 90 °C Hauptwäsche bitte", kichert einer. „Mit extra viel Weichspüler", ergänzt ein zweiter. Ein Engel mit Führerscheinklasse 3 setzt sich ans Steuer, winkt seinen Kollegen zum Abschied zu und gibt Gas.

Lachend erheben sich die übrigen in die Lüfte. Sie haben einen guten Job geleistet und erlauben sich nun eine Runde Quidditch, die Sportart aus der Zaubererwelt erfreut sich auch im Himmel zunehmend großer Beliebtheit.

Unterdessen fühlt sich Cathlen immer leichter und fedriger. Die Haare an der rechten Schläfe sind bereits abrasiert und ein Pfleger hat sie auf ihrem Bett in den Anästhesieraum gefahren. „Nun versetze ich Sie ins Reich der Träume", lächelt der Anästhesist und setzt ihr die Spritze.

Cathlen weiß, was sie zu tun hat, einfach stillliegen bleiben, so hat sie es noch gestern mit dem Chirurgen vereinbart. Er übernähme den Rest, hatte er ihr Mut machend versichert. So soll es sein, denkt sie und dann wird es auch schon dunkel um sie herum.

Im OP herrscht Hochbetrieb, als sie hineingefahren und auf den Operationstisch umgebettet wird. Das gleißende Licht der OP-Lampe durchstrahlt einen großzügigen Raum, in dem sich unzählige Engel tummeln und in der Enge des Flugraumes Zusammenstöße zu vermeiden versuchen. Was nicht immer gelingt, weil auf die Schnelle nicht immer die Vorflugsfrage geklärt werden kann. Dass inzwischen fast jeder Engel einen Selbstbehauptungskurs absolviert hat, kommt erschwerend hinzu.

Man erkennt verschieden Fraktionen, da sind zum einen die eher unauffällig beflügelten und konfessionslosen Engel, die Katholiken in Kostümen mit blutverzierter Seitentasche im rechten Oberbauchbereich, blasse Protestantenengel und die schwarz-weiß gekleideten Engel der Neuapostolischen, die sich mit merkwürdiger Akkuratesse in kurzen Bewegungsschüben durch die Luft bewegen. Daneben noch Ökoengel mit verfilzten Locken unter ihren Hanfkäppchen und die Homöopathiker, die im Moment die Wartezeit überbrückend in einer Ecke des Saales mit weißen Kügelchen von Arnica, Aconitum und Hypericum einen kurzen Jonglierwettbewerb abhalten.

„Alles im grünen Bereich!", verkündet einer von zehn Engeln, die an Cathlens linken und rechten Unterarmen ihren Puls messen. „85", „79", „hier 82" und „84" bestätigen die Anderen.

„Okay, dann öffnet die Tür!", weist ein selbsternannter Manager-Engel an. Und so geschieht es, herein strömen der leitende Chirurg und sein OP-Team, frisch desinfiziert und hoch motiviert. Insbesondere der Chirurg strahlt eine ruhige Zuversicht aus. Kein Wunder, er hat eine entspannende lange Nachtruhe hinter sich und in einer alle Sinne erfassenden Intensität geträumt wie niemals zuvor, von karibischen Stränden, farbenfroh schillernden Fischschwärmen und in der Strömung pulsierenden Korallenkliffen, die er schnorchelnd durchschwamm. Ein Traum vom puren Glück. Die beiden Engel auf seinen Schultern hingegen tragen tiefe Augenringe und Fransen am Mund.

Um der Engelscharen Herr zu werden, haben die Organisations-Engel einen Zeitplan erstellt, jeweils zehn Engel betreuen Cathlen, von links und rechts und jeweils so, dass sie nicht die OP behindern, neben der Pulsmessung kontrollieren sie die Kreislaufstabilität der Patientin. Weitere fünf Engel kümmern sich um den Chirurgen, sie tupfen ihm den Schweiß von der Stirn, sorgen für sauerstoffangereicherte Luftzufuhr und lenken seine Hände bei feinmotorischen Höchstanforderungen. Gerade das Entfernen des Tumors an der lebenswichtigen Aorta, die er umwunden hält, erfordert höchstes Geschick. Schließlich kümmern sich jeweils drei weitere Engel um alle Übrigen des OP-Teams, alle fünfzehn Minuten wird rollierend gewechselt. Einmal stündlich sorgt das Physio-Engelteam mit Massagen für die Entspannung verspannter Körperpartien, bei unwillkürlichen Seufzern auch sofort. Kurzfristig auftretende Ängste und Besorgnisse werden umgehend entfernt.

So nimmt die Operation ihren Lauf. Der Schichtwechsel der Engel klappt bald reibungslos.

Nachdem anfangs ein übermütiger Engel mit der OP-Lampe kollidierte und diese zum Schwanken brachte, ist der Flugraum um sie herum nun weitläufig abgesperrt. Hierzu wurde aus sechzig artistisch ausgebildeten Engeln in glitzernden Satin-Kostümen eine Abschirmglocke gebildet. Die rot leuchtenden Signalaugen einiger Engel markieren die Absperrung.

Alle Fraktionen arbeiten in Harmonie und wortlosem Verstehen. Die gerade unbenötigten Engel finden sich an der langen, freien Wand des Saales zum gemeinsamen Musizieren ein. Einige haben ihre Harfen mitgebracht, andere Geigen oder Blasinstrumente. Hin und wieder singt der Jugendengelchor vierstimmig Glockenreines und sorgt so für eine beseelende Leichtigkeit.

Stunde um Stunde vergeht. Der Tumor ist hartnäckig und nach mehrjährigem Wachstum weit verzweigt. Unermüdlich entfernt der Chirurg Ausläufer um Ausläufer. Seine Betreuerengel injizieren ihm heimlich Dopingmittel, die seine Konzentrationsfähigkeit maximieren.

Nach sieben Stunden ist es geschafft, der Tumor vollständig entfernt, eine Titanplatte in den Schädel implementiert, die Öffnung geschlossen und der Spalt vernäht.

Cathlen wird zur weiteren Beobachtung auf die Intensivstation gebracht. Eine kleine Engelschar eskortiert sie flügelraschelnd.

Im OP packen die Engel ihre Musikinstrumente zusammen und stellen die Klappstühle an die Wand. Das Operationsteam begibt sich zu den Duschräumen. Alle sind sich einig, dass dieser Eingriff außergewöhnlich gut gelaufen ist. Sie haben alle ihr Bestmögliches getan und sind sich dessen mit einem berechtigten Stolz bewusst. Jetzt muss nur noch die in Mitleidenschaft gezogene Aorta halten und sich schnell regenerieren.

Der Manager-Engel ermahnt die auseinanderstrebenden Kollegen, sich in das Bereitschaftsbuch für Engelschutz einzutragen. Er wird dafür Sorge tragen, dass Cathlen auch zukünftig effizient beaufsichtigt wird und den Bereitschaftsplan erstellen. Alle Engel tragen sich ein. Trotz der Erschöpfung, die nun langsam auch die Beflügelten befällt, hat ihnen der Großeinsatz viel Spaß bereitet. „Nichts ist befriedigender als eine sinnvolle Tätigkeit", meint einer beim Rausgehen. „Was Cathlen wohl für eine ist", fragt sich ein Anderer, „ich freue mich schon, sie im Wachzustand kennenzulernen. Man hört ja nur Gutes, sie muss eine ganz Besondere sein".

Am Abend, als die Betäubung abklingt, kommt Cathlen wieder zu sich. Ermattet und wattig führt sie ein kurzes Telefonat mit ihrer Frau Ellen, die gibt die Nachricht von der erfolgreichen Operation weiter.

Erleichterung groß wie die Alpen fällt von den Herzen der Angehörigen und Freunde, und die Engel tragen auch diese fort, vor den Thron ihres Chefs, der den darin liegenden tiefen Dank gerne entgegennimmt.

Stulpen

Opa hatte in den 1950er Jahren mehrere Kühe, Schweine, Hühner, Gänse und Kaninchen, und entsprechende Stallungen für das Vieh. Anders war das bei seinem Nachbarn, der seine zwei Kühe so lange wie möglich draußen auf der Wiese ließ, aber im Winter ging das natürlich nicht, und so gab Opa den beiden in seinem Kuhstall während der kalten Jahreszeit Asyl. Opa molk auch die Kühe seines Nachbarn und hatte mit ihm vereinbart, ihm jeden Tag eine Kanne frische Milch zu bringen – das übernahm Mimi. Jeden Tag nach dem Melken und vor der Schule brachte Mimi dem Nachbarn also eine Kanne Milch und nahm die leere Kanne vom Vortag zurück.

Kurz vor Weihnachten kündigte der Nachbar Mimi ein Weihnachtsgeschenk an und sie war voller Vorfreude. Als sie am nächsten Tag mit der Milch kam, erhielt sie tatsächlich ein großes Päckchen. „Schwer ist es ja nicht!" dachte Mimi und hielt es vor Neugier und Spannung kaum aus. War es ein leckerer Kuchen oder gar eine Puppe oder ein Teddy? Sie hätte das Päckchen liebend gerne sofort geöffnet, aber Opa bestand darauf, bis zur Bescherung zu warten.

Der Tag des 24. Dezember verging unendlich langsam, Mimi meinte, die Zeit würde stehen bleiben und sie verbrachte den Vormittag damit, unentwegt zwischen Kinderzimmer, Wohnstube und Küche hin und her zu laufen. Nach dem Mittagessen, während die Großeltern den Baum schmückten und die Eltern auf dem Dachboden verschwanden, nahm Mimi ihren Rundgang durch die Stuben wieder auf, nur dass die Wohnstube jetzt für sie tabu war. Eine gefühlte Unendlichkeit später versammelte sich die Familie in der Küche zum Kaffeetrinken, danach gingen sie alle zusammen zur Kirche.

Endlich war es soweit. Mimi saß auf dem Boden in der Stube und packte die Geschenke aus, während der mit roten Kugeln und Zapfen geschmückte Tannenbaum im Licht der Kerzen strahlte und die Erwachsenen mit Bier und Bowle anstießen und sich an lecker belegten Schnittchen labten.

Oma hatte ihr eine warme Mütze gestrickt und ein neues Kleid für Puppe Anneliese genäht, ein mollig warmer Pullover war das Geschenk von Tante Anni, ein Tagebuch und neue Winterschuhe hatten ihr die Eltern geschenkt. Nun lag nur noch das große Paket vom Nachbarn unausgepackt vor ihr, in Windeseile riss sie es auf und sah zunächst nur jede Menge Papier.

Die Enttäuschung war riesengroß, denn zwischen dem vielen Papier kamen ein Paar Gummistulpen zum Vorschein, die man über die Schuhe zieht, um diese vor Schmutz zu schützen.

Mimi war entsetzt, nein, wütend war sie, ein paar hässliche schwarze Stulpen dafür, dass sie jeden Tag mit einer Kanne Milch zu dem Nachbarn gelaufen war. Sie schleuderte die Stulpen durch die Stube, eine traf ausgerechnet Opa am Kopf, der gerade ein Glas Bier zum Mund führte. Vor Schreck ließ er das Glas fallen, das Stupsie, der Katze, die vor seinen Füßen schlief, auf den Schwanz fiel. Stupsie, abrupt aus ihren Träumen gerissen, sprang auf den Tisch, landete aber mit den Vorderpfoten in der großen Glasschüssel mit Bowle, die nun über Tisch und Sofa spritzte. Die Katze erstarrte kurz vor Schreck und Sekunden später kugelte das Gefäß mit der restlichen Bowle durch die Stube, während Stupsie fluchtartig auf den nächstbesten Sessel sprang, wo Tante Anni inzwischen das Tablett mit den Schnittchen abgestellt hatte, um die klebrige Bowle vom Tisch zu wischen. Stupsie katapultierte die Schnittchen durch ihren Aufprall auf dem Tablett durch die Stube, am weitesten flog eines mit Schinken belegt, es landete an der Zimmertür, die nur angelehnt war, und der Duft von Schinken erreichte Felix, den Hund des Hauses, der reflexartig in die Stube stürzte und sich den Belag von den Brotscheiben klaute, noch bevor Oma und Tante Anni sie einsammeln konnten.

Der Spuk war vorbei. Stupsie verschwand durch die Stubentür, durch die Felix eben herein gestürmt war und jetzt schnüffelnd jeden Winkel nach dem letzten Krümel Wurst absuchte, um sich ein ruhiges Plätzchen für die Fellpflege zu suchen, Die Frauen waren ebenfalls verschwunden, um Eimer, Schrubber, Putzlappen und was man sonst noch zum Saubermachen braucht, zu holen. Die Männer löschten die Kerzen, zündeten sich jeder eine dicke Zigarre an und gingen raus in den Hof. Mimi fand die Stulpen plötzlich gar nicht mehr so schrecklich, denn sie war zu der Erkenntnis gekommen, dass sie die wunderschönen neuen Winterstiefel damit auch im Stall anziehen konnte.

Der Hochbauende

Mehrmals täglich geht mein Blick zum Horst hoch oben auf dem Schornstein der ehemaligen Meierei, dem einzigen Storchennest im Dorf. Es ist Mitte März. Wann wird er dieses Jahr eintreffen, der Weißstorch, den man hier *Hoierboier*, den Hochbauenden nennt, der verehrt wird als Glücksbringer, Frühlingsbote und Seelenträger.

Es ist wohl das Männchen, das als erstes eintrifft, um mit den Reparaturarbeiten am Horst zu beginnen und alles vorzubereiten für das Weibchen, die Paarung, die Eiablage.

Vor zwei Tagen hatte ich einen Storch auf dem Nestrand stehen gesehen, aber er war nur ein Durchreisender, nicht *unser* Storch. Mir fällt eine alte Bauernweisheit ein, die mir Else vor einiger Zeit erzählt hat, "sieht man den Storch das erste Mal nach seiner Ankunft stehend, wird man das Jahr über faul sein. Fleißig hingegen wird sein, der den Storch fliegend erblickt, und wer ihn klappern hört, wird viel Geschirr zerbrechen". Ich muss schmunzeln, nein, ich bin nicht faul!

Heute ist er da, eindeutig, er ist es, das ist *unser* Storch. Wenn er doch nur erzählen könnte, was er auf seiner Reise in den Süden erlebt hat, zu der er Ende August letzten Jahres aufgebrochen ist. Wo war er überhaupt, in Afrika? Oder nur in Südspanien, was ja viel näher für ihn wäre?

Eine ganz schön stressige Zeit kommt jetzt auf ihn zu, es wird nicht mehr lange dauern, bis sein Weibchen eintrifft. Häufig stehen ihm noch Kämpfe um den Horst bevor, aber er wird sein Zuhause mutig und kraftvoll verteidigen und Eindringlinge vertreiben. Ist Frau Storch erst mal da, kommt es zügig zur Paarung, die Zeit drängt, wenn nach 4-wöchiger Brutzeit die Jungen schlüpfen, wird Mitte Mai sein und dann müssen 2 bis 3 ständig hungrige Jungstörche gefüttert und groß gezogen werden. Gräben, Flüsse und die feuchten Niederungen halten ein reiches Nahrungsangebot für die Störche bereit, unter anderem Fische, Frösche und Nagetiere.

Die Faszination Storch lässt sich sicher damit erklären, dass sich ihre Zahl in den vergangenen Jahrzehnten dramatisch reduziert hat und sich der Bestand nur langsam erholt. Ein Zeitungsartikel aus dem Jahre 1904 berichtet von 20 Storchnestern in Norderstapel, und es wird erzählt, dass in trockenen Sommern Wannen mit Fischen in die Gärten gestellt wurden, um den Störchen mit Nahrung zu helfen.

Mitte Juli werden die Jungvögel mit ihren Flugversuchen beginnen, auf dem Nest ihre Flügel schwingen und bald sehen wir sie auf dem nächstgelegenen Dachfirst und kurz darauf auf den nahen Wiesen. Ihre Ausflüge sind noch nicht weit, unsicher ist ihr Flug noch, die Landung noch holprig.

Die Storcheltern sind froh, dass sie ihre Kinder aus dem Gröbsten raus haben und verabschieden sich jetzt zu ausgedehnten Ausflügen, ausgezehrt von der Aufzucht der Kinder müssen sie sich satt fressen und Kraft tanken, und sie treffen sich mit ihren Artgenossen aus den Nachbardörfern. Immer öfter sieht man eine größere Anzahl Störche hoch oben ihre Kreise ziehen, ohne Kraftaufwand segeln sie vom Wind getragen über uns hinweg. Die Zeit der Abreise naht, es ist Mitte August, erst gehen die Alten, bald folgen die Jungen.

Adieu Storch, bis nächsten März!

Ausflug ans Meer

Wenn man in Schleswig-Holstein zwischen den Meeren lebt, so wie ich, hat man zwei Vorteile, zum einen sind Nord- und Ostsee relativ schnell zu erreichen, und zum zweiten kann man sich für einen Ausflug ans Meer einen Tag aussuchen, der außerhalb der Hauptferienzeit oder den beliebten Kurzurlaubszeiten wie Ostern und Pfingsten liegt, es also nicht so turbulent auf den Straßen und an den Küsten zugeht. Ein weiterer Aspekt für die Wahl des Zieles ist das Wetter, so kann an der Ostsee die Sonne vom knallblauen Himmel strahlen, während an der Nordsee ein wolkenverhangener grauer Himmel vorherrscht. Oder es pfeift einem an der Nordsee ein steifer kalter Westwind um die Ohren, der an der Ostsee nur noch als vergleichsweise schwaches Lüftchen ankommt. Wann die Fahrt an die Nordsee geht, kann auch von der Tide bestimmt sein, die Frage ist dann, ob man das Wasser sehen will oder nicht. Für eine Wattwanderung empfiehlt sich die Ebbe, möglichst bei konstantem Ostwind über mehrere Tage.

Meine Freundin Irene kam ausgerechnet im tiefsten Winter für ein paar Tage zu Besuch, es ging aus beruflichen Gründen nicht anders, und weil sie das Meer über alles liebt, war das tägliche Programm bestimmt von Ausflügen an die Küsten.

„Ich möchte heute an die Nordsee, zum Wattenmeer." Beim Frühstück planten wir unsere Ausflüge und Irene sollte das Ziel bestimmen. Wir entschieden uns, zunächst nach Westerhever auf der Halbinsel Eiderstedt zu fahren.

Der rot-weiß-gestreifte Leuchtturm Westerheversand mit den beiden ehemaligen Wärterhäuschen, heute Naturschutzstation, wurde 1908 in Betrieb genommen und steht weit vor dem Deich auf einer Warft im Wattenmeer als markantes Wahrzeichen in diesem Küstenabschnitt. Wie mag es hier wohl sein, wenn ein Sturm aus West zeitgleich mit der Flut das Wasser so hoch auflaufen lässt, dass der Turm im Wasser steht. Im Fernsehen gab es mal einen Bericht darüber, aber ich bin mir nicht sicher, ob ich das hautnah erleben möchte.

Der Blick zum Leuchtturm ist bei jedem Wetter beeindruckend, in dem Grau in Grau dieses Wintertages bringt er mit seinen roten Streifen einen Farbklecks vor den trüben Horizont. Ergriffen von dem wunderschönen Anblick stehen wir regungslos auf der windumtosten Deichkrone und merken erst nach einer Weile, wie bitterkalt es ist. Irene ist das raue Klima und besonders den eisigen Wind nicht gewohnt, will es nicht zugeben, aber sie bibbert leise vor sich hin.

„Irene, lass uns nach St. Peter-Ording fahren, du zitterst ja vor Kälte." Ihre Jacke sieht zwar warm aus, ist aber nicht winddicht, und vor allem hat sie keine Mütze mitgebracht, so etwas besitzt sie gar nicht, wozu auch im milden Klima der Kölner Bucht.

Als wir im Auto sitzen, Heizung voll aufgedreht, die Kälte sich aus unseren Körpern verflüchtigt und die Lebensgeister zurückkehren, erzähle ich Irene von einem Ausflug mit einem Freund im vergangenen Herbst.

Sven wusste, dass ich mich niemals alleine raus ins Wattenmeer trauen würde, die Gefahr, dass mich das auflaufende Wasser einholt, wenn die Flut einsetzt, ist mir viel zu groß. Außerdem bedeutet das Watt für mich vor allen Dingen Schlamm, seit ich in einem Urlaub in Ostfriesland zufällig der mir bis dahin unbekannten Sportart Wattgolfen zuschaute. Als er mich fragte, ob ich ihn bei passender Gelegenheit auf einer garantiert ungefährlichen Tour begleiten möchte, sagte ich mit einem Gefühl von Neugier und Spannung, aber auch Skepsis, zu und besorgte mir ein paar Gummistiefel, in denen ich einigermaßen gut laufen kann. Sven kannte sich aus, beobachtete das Wetter, befragte seinen Tidenkalender und dank lang anhaltender östlicher Winde, die das Wasser Tag um Tag raus in die Nordsee drückten, gab es bald die perfekten Bedingungen, um mich mit ins Wattenmeer zu nehmen. An einem tristen wolkenverhangenen Herbsttag fuhren wir zum Leuchtturm Westerheversand.

Diese unendliche Weite, in der sich der Horizont aus Himmel und Erde verwischt, diese unglaubliche Stille, dieser einzigartige Lebensraum, schärfen das Bewusstsein, unserer einzigartigen Erde mit Respekt zu begegnen.

Durch die hervorragenden Wetterbedingungen liefen wir auf feinstem Sand, dem Meeresboden, der vom Wind getrieben wie eine Nebelbank um unsere Füße wirbelte, immer nach Westen, in eine andere Welt. Das Meer lag weit voraus als graue Fläche und ging über in das Grau der Wolken, nur feinste Farbnuancen waren zu erkennen. Quer voraus lag bald eine Sandbank, nur ein

Priel musste durchwatet werden, aber das Wasser umspülte unsere Füße lediglich bis zu den Knöcheln, dann schwenkten wir auf der Sandbank nach Süden in Richtung St-Peter-Ording. Immer wieder schaute ich zurück und war beruhigt, so lange ich den Leuchtturm noch sehen konnte, wenn er auch inzwischen winzig klein wie ein Spielzeugmodell wirkte. „Wir gehen gleich zurück, über den nächsten Priel kommen wir nicht, der ist zu tief." Sven hatte meine Blicke Richtung Leuchtturm bemerkt.

Die Wolkendecke war dünner geworden, kleine blaue Flecken schimmerten zwischen dem Grau, glitzernde Streifen tauchten auf dem Meer auf und dort, wo genug Sonnenlicht die Erde erreichte, setzte sie gleißend helle Akzente und der Horizont schien um so dunkler. Möwengeschrei setzte ein, oder hatte ich es vorher nur nicht bemerkt, als wir uns langsam und schweigsam zurück Richtung Leuchtturm wandten.

Als ich mit Irene den langen Strand von St. Peter-Ording entlang lief, erzählte ich noch von dem Wrack, das Sven bei unserer Wattwanderung entdeckt hatte. Aus dem Sand ragten in der Form eines Schiffsrumpfes Balken aus dem Sand wie ein abstraktes Kunstwerk, und die kommenden Winterstürme werden es wieder im Meer versinken lassen.

Futjes

Fast jeder kennt Futjes, fast jeder mag sie und fast jeder hat sein eigenes Rezept. Mit oder ohne Rosinen wird die Köstlichkeit hauptsächlich im Winter gebacken und schmeckt am besten frisch aus der Fritteuse in Zucker getaucht zu einer Tasse dampfendem Kaffee. Zum Tannenbaumaufstellen auf dem Dorfplatz bringt Erika den Teig in ihren größten Töpfen zum Ausbacken mit. Futjes ähneln sehr den Muzen, die ich aus dem Rheinland kenne und dort besonders zur Karnevalszeit sehr beliebt sind.

Lisbeth hatte mal ein richtiges Malheur mit dem Futjes-Teig, der gerade fertig geknetet ist, als unverhofft Besuch kommt. Die Futjes würden nicht für Alle reichen, außerdem muss der Teig noch gehen vor dem Ausbacken, sie fühlt sich in der Bredouille und entscheidet kurzerhand, nur Kekse zum Kaffee zu reichen. Die Schüssel mit dem Futjes-Teig stellt sie auf dem Heizkörper in der Küche ab, setzt schnell den Kaffee auf und geht zu den Freunden in die Wohnstube.

Wie das so ist – man wollte ja nur mal kurz Hallo sagen, und dann stellt man erschrocken fest, dass während des Erzählens zwei Stunden vergangen sind. „Jetzt müssen wir aber los!"

Kaum ist der Besuch aus der Tür, fällt Lisbeth der Futjes-Teig ein, der noch immer auf der Heizung steht. Sie ahnt Schlimmes und eilt in die Küche. Der Teig war inzwischen gegangen, so sehr auf der warmen Heizung, dass er als klebrige zähflüssige Masse über den Schüsselrand und den Heizkörper herunter bis auf den Fußboden gelaufen war.

Mitten in dieser Schweinerei steht Muckel, der Hund, und leckt genüsslich den Teig von Boden und Heizung.

Der Brummtopf

Babs sitzt mit einer Gruppe Jungs und Mädchen, alle um die 5 Jahre, zusammen. Die meisten Kindergarten-Kinder sind bereits zu Hause, aber es gibt eine Nachmittags-Gruppe für die Sprösslinge berufstätiger Mütter. Diese Kinder werden von Babs, den Kindern ist ihr voller Name Barbara zu lang, betreut. In dieser Nachmittags-Gruppe geht es zwar auch ums Lernen, immerhin werden sie bald eingeschult, aber Spiel und Spaß sollen im Vordergrund stehen. Babs muss sich immer wieder Neues ausdenken, um die Kinder spielerisch und unterhaltsam auf die Schule vorzubereiten.

Für heute hat sie das Thema Brauchtum gewählt. „Kinder, wisst ihr denn, was ein Brauch ist?" fragt Babs in die Runde.
„Ja, ja, wenn Mama mit ihrer Freundin eine Girlande bindet und an die Tür nagelt."
„Und warum macht sie das?"
„Mama hat gesagt, weil sie vor silbernen Jahren den Papa geheiratet hat".
„Du meinst, weil sie den Papa vor 25 Jahren geheiratet hat, und deshalb feiern sie jetzt Silberhochzeit. Das war sehr gut, Susi, malst du mir denn bitte mal eine Girlande. Und von euch möchte ich hören, welcher Brauch euch noch einfällt."
„Halloween!"
„Was bedeutet denn Halloween?"
„Weiß nicht."

„Nun gut, dann erzähle ich mal eine Geschichte. Halloween stammt ursprünglich aus den katholischen Gegenden Irlands. Dort lebte einer Sage nach der Bösewicht Jack Oldfield. Dieser fing durch eine List den Teufel ein und wollte ihn nur freilassen, wenn er Jack fortan nicht mehr in die Quere kommen würde. Nach Jacks Tod kam er aufgrund seiner Taten nicht in den Himmel, aber auch in die Hölle durfte Jack natürlich nicht, da er ja den Teufel betrogen hatte. Doch der Teufel erbarmte sich und schenkte ihm eine Rübe und eine glühende Kohle, damit Jack durch das Dunkel wandern könne. Der Ursprung des beleuchteten Kürbisses war demnach eigentlich eine beleuchtete Rübe.

Heute stellen wir Kürbisse, ausgehöhlt und mit eingeschnittenen Fratzen, vor die Tür, damit sie böse Geister vertreiben, und das machen wir am Vorabend von Allerheiligen."

Susi ist fertig mit dem Bild einer Girlande. „Darf ich jetzt einen Halloween-Kürbis malen?" Ohne eine Antwort abzuwarten, malt sie drauf los.

„Kennt noch jemand einen Brauch?" fragt Babs erneut in die Runde.
„Brummpott, Brummelpott oder so."
„Jens, du meinst Rummelpott, aber eigentlich hast du sogar Recht, der Rummelpott ist nämlich wirklich ein Brummtopf, weil er ein polterndes Geräusch erzeugt, und auch dazu kann ich euch eine kleine Geschichte erzählen."
„Au ja!"

„Mit Hilfe des Polterns sollten in früheren Zeiten die Wintergeister vertrieben werden. Im Volksglauben stand in den rauen Nächten die Welt den Geistern offen. Am frühen Silvesterabend gehen die Kinder geschminkt und verkleidet mit dem Rummelpott von Haustür zu Haustür und singen Lieder oder sagen Reime auf."

„Babs, weißt du denn, wie man einen Brummtopf baut?"

„Na klar, für den Rummelpott benötigt man:
eine leere Blechdose ohne Deckel
eine Schweinsblase
ein Band, Schnur oder Klebeband
einen 20 bis 30 cm langen bleistiftdicken Reethalm
und kleine Steine oder getrocknete Erbsen.

Die saubere und feuchte Schweinsblase muss man straff über die Dose spannen, vorher Steine oder Erbsen hineingeben, damit es auch rasselt, und mit dem Band befestigen. Durch ein kleines Loch in der Blase steckt man den Rohrhalm ein Stück in die Dose, er sollte ca. 20 cm aus der Dose heraus ragen. Das rummelnde Geräusch erzeugt man, indem man mit Spucke angefeuchteten Daumen und Zeigefinger am Halm auf- und ab reibt. Ich verspreche euch, dass wir im Winter gemeinsam einen basteln."

„Für einen Brauch haben wir noch Zeit, bevor ihr abgeholt werdet."
Babs freut sich über die Begeisterungsfähigkeit der Kinder und über Susis knallbunt gemalten Kürbis.

„Ich war im Sommer zum Ringreiten, ist das auch ein Brauch?" fragt Ole.

„Ja, Ole, das ist sogar ein sehr alter Brauch, er zählt zu den Reiterkämpfen. Und wenn du das angeschaut oder sogar teilgenommen hast, kennst du auch die Regeln. Es gibt aber noch einen ähnlichen Brauch, der leider in Vergessenheit geraten ist, das ist das Rolandreiten. Ich erkläre euch das mal.

Dabei hält ein großer hölzerner Mann im gebogenen rechten Arm einen Schild und am ausgestreckten linken Arm einen Aschebeutel. Die Figur wird so auf einem Sockel befestigt, dass sie sich drehen kann.
Die Reiter müssen mit einer Keule, in die eine stumpfe eiserne Spitze geschlagen ist, nach dem Schild stoßen. Wer diesen Schild heraus stößt, ist Sieger.
Der Clou an der Sache ist, wenn der Reiter nicht schnell genug auf dem Pferd unterwegs ist, schlägt ihm der Aschebeutel in den Nacken. Für die Zuschauer ist das ein Riesenspaß."[14]

„Babs, wann machen wir das auch mal?" Die Kinder sind begeistert, Aschebeutel im Nacken stellen sie sich sehr lustig vor.

„Wie ich schon sagte, der Brauch ist leider in Vergessenheit graten und es gibt in ganz Stapelholm keinen einzigen hölzernen Mann mehr."

„Wir bauen einen, ich kann schon mit Säge und Hammer umgehen." Ole ist jetzt völlig aus dem Häuschen.

„Können wir nicht meinen Papa nehmen? Der ist auch groß, wenn auch nicht aus Holz, ich male ihn euch" platzt es aus Susi heraus.

---

[14] „Die Bauernglocke" herausgegeben vom Förderverein Landschaft Stapelholm e.V.

Während die anderen Kinder sich anziehen, die Mütter stehen vor der Tür, um sie abzuholen, malt Susi ihren Papa mit einem Aschebeutel am Arm.

„Meine Mama kommt bestimmt auch gleich" murmelt sie leise.

Der 1. April

Es gibt Tage, da ist so richtig der Wurm drin, man denkt an den berüchtigten Freitag den 13ten, wird depressiv und fragt sich, was als Nächstes passieren könnte, von geordnetem Chaos kann keine Rede mehr sein.

An einem Sonntag, es war der 1. April, begann bei mir solch eine Serie von kleinen und großen Katastrophen. Eigentlich wollte ich nur kurz am Computer nach den neuesten Nachrichten, Emails und der Wettervorhersage schauen, aber beim Hochfahren des Rechners merkte ich, da ist etwas anders als sonst und kurz darauf folgte die Meldung: *Sie haben ein unerwünschtes Programm auf ihrem Computer,* der Alptraum jeden Computer-Nutzers.

Es ging nichts mehr, nicht mal die Maus.

Trotz Virenschutz, natürlich dem Testsieger, und Firewall war etwas in meinen Rechner eingedrungen und hat sich irgendwo in den unendlichen Weiten von Programmen, Ordnern, Dateien und Sektoren eingenistet, ein bedrohlicher Feind, ein Phantom, ein Trojaner. Wo kam er her, was will er auf meinem Computer, warum meldet ihn der Virenschutz und tut nichts dagegen, ist das ein Aprilscherz, kann mein Computer denken? Was soll ich nur tun – ohne Maus? Ich fühlte mich hilflos.

„Na gut", dachte ich mir schließlich, „dann rufe ich morgen früh den Computerfachmann an und nutze die Zeit, um Ordnung in meinem Haushalt zu schaffen", und griff zu Staubsauger, Staubtuch, räumte den Schreibtisch auf, die Waschmaschine lief auf Hochtouren. Es folgte trotz des kalten ungemütlichen Wetters ein ausgedehnter Spaziergang mit den Hunden, und anschließend setzte ich einen großen Topf Pellkartoffeln auf den Herd, ich hatte Appetit auf Bratkartoffeln.

Während die Kartoffeln kochten, brachte ich den Müll raus. Damit mir Hund Luke, der junge Wilde, nicht abhaut, habe ich an einem Bein vom Esstisch, der nahe der Terrassentür steht, eine Hundeleine befestigt, so kann ich sorgenfrei die Tür auflassen und er kann nicht weglaufen, er rennt mir meist hinterher, so weit die Leine es zulässt.

Wie gesagt, wir schrieben den 1. April.

Charlos, der ältere, bravere und weisere Hund folgte mir in den Garten zu den Mülltonnen, er bleibt normalerweise auf dem Grundstück und ich machte mir keine Gedanken. Hätte ich das besser getan, denn er traf auf eine mutige Katze, die nicht daran dachte abzuhauen, und zeigte dem Hund stattdessen ihre Krallen. Charlos schrie auf und ging mindestens genauso mutig auf die Katze los.

Meinen Weg zurück zum Haus kreuzte daraufhin in ungeheurem Tempo ein großer schwarzer Kater mit steil aufgerichtetem Schwanz, gefolgt von Charlos, dem Dackel. Unmittelbar danach hörte ich ein mörderisches Scheppern und Poltern aus der Richtung meines Wohnzimmers und sah Sekunden später mit der Leine im Schlepptau Luke wie einen weißen Blitz durch den Garten fegen, im Begriff, seinen Kumpel Charlos und den Kater einzuholen. Ich stand irritiert auf meiner Wiese, brüllte die Hunde an, die rannten erschrocken zurück ins Haus und ich hinterher.

In der Terrassentür blieb ich wie versteinert stehen, vor mir auf dem Boden ein heilloses Durcheinander von Osterdekoration, Kerzen, Papierkram, den ich noch sortieren wollte, eine volle Plastik-Mineralwasserflasche kullerte über den Parkettboden.

Luke, dieser kleine Hund, angeleint am Tischbein, muss durch das Gezeter von Katze und Hund Charlos einem wütenden Wolf gleich mit ungeheurer Wucht in Richtung Garten gestürmt sein. Jedenfalls fand ich einen Tisch vor, der sich im geschätzten 45°-Winkel zur Seite neigte und das Tischbein, an welchem vorhin noch die Hundeleine befestigt war, hing windschief unter der Tischplatte. Die Querstrebe war abgebrochen, das andere Tischbein dadurch nicht mehr stabil, der ganze Tisch drohte zusammenzubrechen.

In der Küche kochten die Kartoffeln sprudelnd und mit klapperndem Deckel auf dem Topf. Ich stapfte durch die am Boden liegenden Utensilien zur Küche, um zunächst die Kartoffeln in den Griff zu bekommen. Was nun? Ein kaputter Esstisch lässt sich ja reparieren, aber zusammen mit einem kaputten Computer war das etwas zu viel auf einmal. Und in ein paar Tagen kommt Besuch aus Kanada.

Inzwischen war es dunkel geworden, die Bratkartoffeln verschob ich auf den nächsten Tag, geht sowie schneller, nur noch Kartoffeln pellen, Zwiebeln schälen, beides schneiden und ab in die Pfanne, außerdem hatte ich keinen Appetit mehr.

Ich sammelte die Sachen vom Fußboden auf, fegte die Scherben zusammen, und setzte das Tischbein provisorisch unter die Tischplatte. Heute kam ich nicht weiter, ich fühlte mich schon wieder hilflos, frustriert und leicht depressiv und entschied mich für einen späten Spaziergang im Regen, das lenkt ab.

Außer sich vor Freude, dass es nochmal raus in die Natur geht, sprang Luke an mir hoch, während ich die Leine am Halsband befestigen wollte, und plötzlich spürte ich etwas Kühles unter meinem Pullover in Richtung Hosenbund rutschen. Ein Tasten an meinem Hals bestätigte meine Befürchtung, eine Kralle war an meiner Halskette hängen geblieben, die Kette gerissen. Mein Glücksbringer, ein goldener Anker zur Erinnerung an meine Zeit auf einem Segelschiff, fiel auf den Boden.

Es wurde ein kurzer Spaziergang, ich musste schleunigst auf die Couch. Die Hunde verkrochen sich, einer unterm Sessel, der andere in der Küche, draußen stürmte es aus Nordost. Mir fielen plötzlich die Kartoffeln ein, ungeschält hatten sie inzwischen auf kleiner Flamme etwa zwei Stunden vor sich hin gekocht, denn ich hatte vergessen, die Herdplatte auszuschalten. Vielleicht mögen die Hunde morgen Kartoffelmus in Schale.

Was für ein Tag! War ich von meinem Computer, der eigenen Schusseligkeit und einem überdrehten Hund in den April geschickt worden?

Der mündige Bürger und die Natur

Von Sven Becker

Der Begriff des *mündigen Bürgers* entstammt der Zeit der späten sechziger, Anfang siebziger Jahre, als Willy Brandt zunächst Parteivorsitzender und anschließend Bundeskanzler war.

Er prägte diesen Begriff, um die Deutschen aus einer politischen Lethargie und einer bis dahin lähmenden Obrigkeitshörigkeit heraus zu führen. Die Menschen sollten sich kreativ betätigen und sich zudem politisch engagieren, sie sollten in der Gestaltung ihres Umfeldes und auch der Arbeit mitbestimmen. Ja, er wollte auch, dass sie möglichst früh damit anfingen und so wurde 1975 unter Kanzler Helmut Schmidt die Volljährigkeit von 21 auf 18 Jahre herabgesetzt. Diese jungen Leute durften fortan wählen und wurden dazu aufgefordert, sich im oben genannten Sinne zu betätigen.

Das hat sich mittlerweile seit Jahrzehnten bewährt und als Erfolgsmodell erwiesen.

Die damalige junge Generation kommt mittlerweile in die Jahre, aber auch ihre Kinder und Enkel wollen heute mit diskutieren und gestalten. Diese Republik, die Länder und Gemeinden, die Städte und Dörfer, dieses Land.

Als ich vor knapp drei Jahren die Großstadt verlassen habe und hierher gezogen bin, geschah dieses vor allem wegen der Natur. Wegen der Stille, die ich in ihr finde, wegen der guten sauberen Luft und wegen der einzigartigen Schönheit dieser Landschaft, die sich *Stapelholm* nennt, aber auch des Landes ringsum.

Schon seit vielen Jahren habe ich meine Wochenenden und meine Urlaube hier verbracht und das Land auf zahllosen Radtouren erkundet. Und es vergeht auch heute noch fast kein Tag, ohne dass ich mich auf den Fahrradsattel schwinge.

Allerdings gibt es etwas, das mich in zunehmendem Maße betrübt.

Und das ist der Müll, den ich in der Natur finde, an den Radwegen, den Flussufern und vor allem in den Straßengräben. Gedankenlos fortgeworfen, denn ist ja so einfach, die Scheibe herunter zu kurbeln und raus damit. Hat keiner gesehen und irgendwer wird es schon irgendwann wegräumen.

Und hier komme ich auf den mündigen Bürger zurück. Ein jeder wird sich selbst als ein solcher bestätigen, wenn man ihn fragt, auch wenn er noch vor einer Viertelstunde eine Zigarettenschachtel in die Wiese geworfen hat. Achtlos und gedankenlos. Die wird der Natur nicht schaden, ist ja kein gefährliches Gift drin!

Aber was entdecke ich noch alles in den Gräben?

Nicht nur Plastiktüten und Behälter, nein auch Bierdosen und sogar Schnapsflaschen, regelmäßig an allen Strecken. Man mag es nicht glauben, aber ein Großteil der mündigen Bürger und Autofahrer scheint beduselt hinter dem Lenkrad zu sitzen! Ich glaube, eine Alkoholkontrolle auf freier Strecke und tagsüber aus heiterem Himmel würde Erstaunliches zu Tage bringen.

Ist das der mündige Bürger, von dem Willy Brandt gesprochen hat? Wohl kaum, den kann er nicht gemeint haben.

Als der ehemalige Bundesumweltminister Jürgen Trittin das Dosenpfand einführte, ging ein Aufschrei der Entrüstung durch Deutschland. Er sagte damals nur lapidar: „Ich zwinge niemanden, seinen Müll in die Natur zu werfen."

So sieht es aus. Wenn ein jeder, der gerade im Begriff ist, seine leere Zigarettenschachtel wegzuwerfen, kurz einen Geistesblitz erfährt und sie mit nachhause nimmt, hat er sich durchaus als mündiger Bürger erwiesen. Als einzelnes Objekt fiele die Schachtel sicher nicht auf, aber in der Masse trägt sie zur Vermehrung des Müllberges, der sich da ansammelt, bei.

Die Natur selbst erträgt dieses Schandmal gelassen, auch wenn sie dadurch in ihrer Schönheit und Würde beleidigt wird.

Deshalb vergesse man niemals den weisen Satz:

Die Natur braucht uns nicht,
aber wir brauchen die Natur!

Der Kirchenrächer

Soweit die Verkündigung der Kirche reicht, so könnte man das Kirchspiel umschreiben, denn es bezeichnete ursprünglich den Bezirk, der alle Ortschaften umfasst, welche in eine gewisse Kirche eingepfarrt und dem Pfarrer an derselben unterstellt sind. St. Katharinen in Süderstapel, die alte Hauptkirche der Landschaft Stapelholm, ist solch ein Kirchspiel, auch für Norderstapel.

St. Katharinen wurde um 1300 erbaut und zählt zu den ältesten heute noch in Stapelholm erhaltenen Kirchenbauwerken. Ein wahres Kleinod stellt die einschiffige romanische Feldsteinkirche mit einem Rundturm an ihrer Westseite dar und bietet vom Aussichtsraum im Turm einen wunderschönen Rundblick über Süderstapel und die Eider.

Wie die alten Bauernhäuser könnte auch sie unzählige Geschichten erzählen, zum Beispiel über die Dithmarscher, die im 15. Jahrhundert immer wieder über die Eider einfielen und sie mehrfach zerstörten. Diese Überfälle waren auch der Grund für die damals überall in den Dörfern entlang der Eider entstanden Bauernglocken, die bei Gefahr durch Feuer oder Feinde geläutet wurden.

Man sollte meinen, dass die Gefahr durch Feinde heute nicht mehr gegeben ist, aber das ist leider ein Irrtum. Als vor einigen Jahren nicht nur in das Kirchenbüro eingebrochen und das Geld der Kirchenkasse gestohlen wurde, sondern kurz darauf auch noch nachts mit einem Stein das Kirchenfenster eingeschmissen wurde, griff Bruno in das Geschehen ein. Als Rentner hatte er die nötige Zeit, sich der Sache anzunehmen und spannte einige gleichgesinnte Freunde mit ein.

Fortan gingen sie auf nächtliche Streife rund um St. Katharinen, um dieses historische Bauwerk weiterem Schaden zu bewahren. Bewaffnet mit Hund, Handy und Pfefferspray patrouillierten sie immer wieder, Nacht für Nacht, und scheuten sich auch nicht, den oder die Spitzbuben mit einem Fluch zu belegen:

Alle Zähne sollen euch ausfallen, bis auf zwei für die Zahnschmerzen.

Darüberhinaus ließen sie in allen Gemeinden des Kirchspiels verbreiten, dass sie günstig aus einer Geschäftsauslösung eine Überwachungsanlage erstanden haben und das gesamte Kirchengelände ab sofort von Kameras überwacht wird.

Wie ein Lauffeuer verbreitete sich diese Nachricht in allen Gemeinden und hat offensichtlich auch die Spitzbuben erreicht, denn seit dem ist St. Katharinen kein Schaden mehr zugefügt worden.

Röcke mit Streifen

Um 1898 begann, ausgehend von den Guttempler-Logen in Friedrichstadt, ein vehementer Kampf gegen den Alkoholkonsum. Durch schlechte Wohnverhältnisse, lange Arbeitszeiten und geringen Verdienst war ein Elendsalkoholismus entstanden. Darüberhinaus zog sich ein gesellschaftlicher Trinkzwang durch alle Schichten. Die Guttempler richteten Abstinenzwirtschaften ein und Gerichte gingen gegen Trinker mit Entmündigungen vor oder ließen sie zum Trunkenbold erklären, dadurch durften Gastwirte keinen Alkohol mehr an Trinker ausschenken.

Auch die Gesellen der verschiedenen Zünfte, auf der Walz und auf der Suche nach Arbeit zum Erlernen neuer Handwerkspraktiken, zogen durch die Dörfer und nicht wenige gaben ihren Verdienst im nächsten Gasthaus gleich wieder für Alkohol aus. So wird berichtet, dass der Gastwirt den Fremden seinen Heuschuppen zum Ausschlafen ihres Rausches zur Verfügung stellte.

Albertus gehörte nicht zu den Saufbolden. Aus Münster stammend erreichte er nach langer Wanderschaft an einem Samstagabend Norderstapel. Ernsthaft bemühte er sich um gute Arbeit in seinem erlernten Dachdecker-Beruf, um hier seine Fertigkeiten in der Kunst des Strohdach-Deckens zu vertiefen und sich auf die Meisterprüfung vorzubereiten. Auf der Suche nach einer Dachdeckerei und einer Unterkunft erfuhr er von dem Guttempler-Haus am Mühlenweg und kehrte ein.

Eine ausgelassene Stimmung umfing ihn, obwohl nur Säfte, Kaffee und Tee ausgeschenkt wurden. In Grüppchen saßen Männer an großen Tischen zusammen und unterhielten sich angeregt über Milchpreise und andere landwirtschaftliche Themen. Der große Raum mit den holzvertäfelten Decken und Wände schluckte das Stimmengewirr, Albertus fühlte sich nach dem strapaziösen Tag äußerst wohl in dieser gemütlichen Atmosphäre. Mit einem großen Pott dampfendem Kaffee suchte er sich einen freien Platz an einem kleinen Tisch in der hintersten Ecke des Raumes und zog eine Aluminiumdose mit Broten aus seinem Rucksack.

Von irgendwo drang leise das Spiel einer Kapelle an sein Ohr, Albertus konnte aber nicht orten, wo die Musik her kam.

„Oben ist ein Tanzsaal und heute spielt die Kapelle auf. Da ist ganz schön was los, schauen Sie sich das ruhig mal an!" Sein Tischnachbar hatte wohl seine suchenden Blicke bemerkt, als die Musik einsetzte.

Albertus war neugierig geworden, ihm gefiel die Musik, empfand sie als schöne Abwechslung von seiner Wanderschaft, holte sich an der Theke ein Glas Saft und ging nach oben.

Der Saal war noch schöner als der Gastraum im Untergeschoss, auf den kleinen Tischen um die Tanzfläche lagen weiße Deckchen, die Fenster waren mit schweren Vorhängen verhängt, und auf einer kleinen Bühne spielte die Kapelle gerade ein Lied. Albertus kannte sich mit Musik nicht aus, vielleicht war es ein Walzer, jedenfalls drehten sich in der Mitte des Saales mehrere Paare zur Musik im Kreis. Gebannt schaute er den Paaren zu und begann, seine Hüften zum Rhythmus der Musik zu wiegen. Ein Tisch nahe der Bühne erregte seine Aufmerksamkeit, mehrere junge Frauen schauten ebenfalls den Tanzenden zu und waren anscheinend ohne männliche Begleitung. Besonders eines der Mädchen, er schätzte sie auf Anfang 20, fand Albertus bezaubernd. Ihr langes blondes Haar war zu einem dicken Zopf geflochten, ein Grübchen am Kinn und rote Wangen unterstrichen ihr fröhliches Lächeln und er glaubte, dass ihm dieses Lächeln galt.

Die Musiker verabschiedeten sich in eine Pause, Albertus wollte auch gehen, er musste den Wirt noch nach einer Übernachtungsmöglichkeit fragen, als das Mädchen plötzlich neben ihm stand. Ihre Schönheit machte ihn sprachlos, trotz der weiten Baumwollbluse und dem derben, dunklen, langen Rock mit weißen Längsstreifen ahnte er ihren schönen makellosen Körper. Sie sahen sich an, lächelten, und brachten beide kein Wort hervor. Nach einer gefühlten Unendlichkeit fasste sich Albertus ein Herz.

„Darf ich sie zu einem Getränk einladen?"

Das Mädchen nickte nur, Albertus fühlte sich plötzlich schwindelig, marionettenhaft folgte er ihr die Treppe herunter zum Gastraum und spürte sofort eine veränderte Stimmung. Die anwesenden Männer, vorhin noch freundlich und aufgeschlossen dem Fremden gegenüber, schauten jetzt grimmig zu ihm und seiner schönen Begleitung herüber. Albertus ahnte nichts Gutes.

„Junger Mann, Sie verlassen sofort das Lokal und wir wollen sie nie wieder in der Nähe von unserer Janneke sehen!" Albertus hatte den bärtigen, schmächtigen Mann vorhin noch in der Kapelle die Trommel spielen sehen.

„Dass Sie es nur wissen, Janneke ist mit dem Johs verlobt, der kommt wegen einer kalbenden Kuh etwas später. Haben sie denn nicht bemerkt, dass Janneke einen Rock mit doppelten weißen Streifen trägt? Daran sieht man doch, dass sie in festen Händen ist. Denken sie künftig daran, nur Mädchen mit einfachen Streifen im Rock sind ungebunden!"

Verwirrt und traurig verließ Albertus das Dorf, zog weiter auf seiner Wanderschaft und schaute jeder Frau, der er begegnete, als erstes auf die gewebten Streifen im Rock.

Lang, lang ist's her

Das Geschehen in Stapelholm um 1900 spiegeln Zeitungsartikel wieder, die in der damaligen Schreibweise wiedergegeben sind.
Quelle: „Die Bauernglocke" herausgegeben vom Förderverein Landschaft Stapelholm e.V.

Erfde, 9. Oktober 1892:
Die Erfder Einwohner Peter Daniel und Sattler Martens befinden sich mit ihrem Pferdegespann abends auf dem Rückweg von Rendsburg. Unterwegs löst sich die Deichsel, die Pferde gehen durch, der Wagen läuft in den Graben und die bedauernswerthen Insassen fielen kopfüber ins Wasser, wo sie im Schlamm stecken blieben. Man bemerkt den Unfall erst, als die Pferde allein in Christiansholm ankommen. Sattler Martens hinterläßt eine Witwe und 3 Kinder.

Süderstapel, 10. März 1892
Das Schöffengericht Friedrichstadt verurteilt den Tischlergesellen J.H.N. aus St. Wegen Bettelns am 1. März in Süderstapel zu 4 Wochen Haft. Überdies hat er die Kosten des Verfahrens zu tragen und wird eine Überweisung an die Landespolizeibehörde gegen ihn ausgesprochen

Norderstapel, 3. Januar 1911
In der Nacht vom 1. auf den 2. Januar kam es hier zu einer blutigen Schlägerei, wobei der Knecht Peter Peters derartig zugerichtet wurde, daß er ärztliche Hilfe in Anspruch nehmen mußte. Das vorderste Glied des rechten Mittelfingers wurde amputiert. Herrn J. Siemsen wurden noch verschiedene Fenster eingeworfen. Die Sache wird ein Nachspiel haben.

Süderstapel, 11. Oktober 1906
Gelegentlich des Marktes in Süderstapel wurde einem dortigen Gastwirt aus dem Keller ein großer Schinken entwendet; heute morgen hing nun wieder der Schinken, von dem nur etwa 1/2 Pfund abgeschnitten war, an der Wand des Geschädigten. Entweder hat der Dieb Gewissensbisse gehabt oder der Schinken hat ihm nicht recht schmecken wollen.

Norderstapel, 3. April 1904

Wenn man bisher vielfach glaubte, der sog. Twieberg enthalte nur Sand, so hat sich jetzt durch die Bohrungen die Sache anders herausgestellt. Eine Bohrung ergab eine Sandschicht von 9 Meter, dann kam gelber Lehm und blauer Mergel in einer Schicht von 7 Metern. Die Bohrungen werden noch fortgesetzt. Man hätte lieber lauter Sand gehabt.

Friedrichstadt, 6. Mai 1892:

Wochenmarkt-Preise

Butter kostet	1,00 bis 1,20 Mark pro Pfund
Eier kosten	0,90 bis 1,00 Mark pro Stieg (20 St.)
Kartoffeln kosten	9 Mark pro 200 Pfund.

Bergenhusen, 21. Juni 1907

Ein Landmann aus Bergenhusen kaufte ein großes Quantum Kartoffeln und fuhr damit nach Tönning.

Nach einem Einkauf von 6 – 7 Mark erhielt er dort 10 – 11 Mark, und hätte mit Kusshand noch 2 Wagen voll mehr verkaufen können.

Stapelholm, 20. September 1901

Die Hasenjagd, die soeben eröffnet ist, verspricht in Eiderstedt, Dithmarschen und Stapelholm recht lohnende Erträge, da die Hasen zahlreich angetroffen werden. Heute sind die ersten Hasen für 3 Mark das Stück angeboten worden. Die Einbürgerung von Böhmischen Hasen in der Bergenhusener Gemarkung, welche mit bedeutenden Kosten versucht wurde, scheint keinen besonderen Erfolg gehabt zu haben. Dagegen haben sich die Fasanen, welche durch den Rittmeister Hans v. Bülow, Schleswig, vor einigen Jahren in den dortigen Waldungen ausgesetzt wurden, außerordentlich stark vermehrt.

Friedrichstadt, Februar 1892

Einem längst gefühlten Bedürfnis wird jetzt endlich abgeholfen, indem die Straßen mit Namensschildern versehen werden.

Norderstapel, 10. Januar 1904

Gestern kam der in der ganzen Landschaft bekannte und beliebte 80jährige Veteran, der Altenteiler Johann Martens aus Norderstapel zu Grabe. Der Verstorbene diente bei der Erhebung Schleswig-Holsteins am 21. März 1848 bei einem dänischen Dragoner-Regiment, ging aber bei Ausbruch des Kampfes und der Annäherung der zuerst vordringenden schleswig-holsteinischen Truppen zu diesen über. Bei seiner Flucht vor dem dänischen Truppenteil wurde er aber von 3 dänischen Dragonern verfolgt, eingeholt und gefangen genommen, um als Fahnenflüchtiger zu seinem Truppenteil zurückgebracht und bestraft zu werden. Martens verteidigte sich aber bei seiner Gefangennahme mit wahren Heldenmute; in dem nun entstehenden Kampfe erschoß er mit seinem Karabiner zwei seiner Gegner, während er mit dem dritten in ein Handgemenge geriet und hierbei einen schweren Säbelhieb über die Wange erhielt, der den Knochen zerschmetterte. Trotz der schweren Verwundung gelang es ihm, seinem Gegner den Todesstoß zu versetzen, indem er ihn mit seinem Reitersäbel durchbohrte, worauf er glücklich die schleswig-holsteinische Armee erreichte.

Meggerdorf, 9. Mai 1901:

Durch die Unvorsichtigkeit eines Schulknaben wurde im hiesigen Moor ein Moorbrand verursacht. Wenn sich derselbe auch nicht gerade sehr weit ausdehnte, so wurde die Sommerresidenz eines Torfgräbers, des Gastwirt Mahrt in Meggerkoog eingeäschert, wodurch ein Schaden von einigen hundert Mark verursacht wurde.

Norderstapel, 30. Dezember 1892:

Nachdem der Schnee verschwunden ist und ein gelinder Frost sich eingestellt, ist man hier überall mit der Rheeternte beschäftigt. Nach dem Urtheile Aller hat das Rheet durch den Schnee durchaus nicht gelitten, und ist dasselbe von solcher Güte, wie es seit vielen Jahren nicht gewesen ist.

Quantität und Qualität lassen nichts zu wünschen übrig. Die Besitzer können einen guten Reinertrag erwarten. Zugleich haben die landwirthschaftlichen Arbeiter in dieser sonst so arbeitslosen Zeit einen guten Verdienst.

Norderstapel, 20. Mai 1901

Im Hause des Gastwirts Braue in Norderstapel wird in nächster Zeit eine öffentliche Fernsprechstelle eingerichtet werden.

Seeth, 11. September 1902

Die Telephon-Linie Seeth-Drage ist nun dem Verkehr übergeben. Die Sprechhalle befindet sich beim Gastwirt Bahde. Ein Gespräch von 3 Minuten nach Friedrichstadt und Seeth kostet je 10 Pfennig, nach Norderstapel, Süderstapel, Wohlde und Bergenhusen je 20 Pfennig.

Süderstapel, 26. Juni 1907

Die hier errichtete Lichtanlage (Acetylen-Lichtanlage der Hanseatischen Acetylen-Gasindustrie-A.G., Hamburg) wurde gestern dadurch eröffnet, indem am Abend die Straßenlaternen angezündet wurden. Es erstrahlten die Dorfstraßen in hellstem Licht. Sämtliche Laternen funktionierten tadellos. Demnächst wird auch bei den Hausanschlüssen eine Probebeleuchtung stattfinden.

Stapelholm, 21. März 1905

Die Bahnarbeiten – sowohl Kreis- als auch Staatsbahn – werden in der Landschaft Stapelholm mit Energie betrieben. Während im hiesigen Bezirk bei der Kreisbahn viele Arbeiter bei Wohlde und Süderstapel beschäftigt sind, war gestern inbetreff der Bahn Rendsburg-Husum Baurat Cäsar aus Altona in Norderstapel anwesend, um die noch schwebende Bahnhofsfrage zu erörtern. Nach jetzigen Berechnungen kann man indessen diesen Punkt schon als erledigt ansehen, da das Bahnhofsgebäude in der Mitte zwischen Süderstapel und Norderstapel geplant wird.

Stapelholm, 7. Mai 1905

In Erfde wird der Bahnhof in der Nähe des Besitzes des Landmannes Jürgen Bruhn nördlich vom Orte, für Norder- und Süderstapel zwischen beiden Orten in der Nähe des Armenhauses etwa 1 km von Norderstapel entfernt, errichtet werden. Die Gemeinde Norderstapel wird hiergegen Einspruch erheben und den Bahnhof zu Osten des Ortes zu erhalten suchen.

Stapelholm um 1900

Wo ein dringendes Bedürfnis vorhanden ist, Schulkinder in größerer Zahl zu landwirtschaftlichen Arbeiten in gewissen Jahreszeiten zu verwenden, kann denselben durch theilweise Verlegung der Sommerferien oder aber durch Einführung der ungetheilten Schulzeit für diese Jahreszeiten abgeholfen werden.

Stapelholm, 1907

Zur Verhütung der Verbreitung übertragbarer Krankheiten durch die Schulen ist eine gründliche Reinigung der Schulräume einschließlich des Schulhofes mindestens dreimal anstatt bisher einmal im Jahre erforderlich.

Norderstapel, 20. August 1892

Auf der Tagesordnung der heutigen Gemeindeversammlung steht die Neuwahl eines Gemeindevorstehers. Herr Hollmer bekleidet seit 12 Jahren dieses Amt. Er soll 60 Mark jährliche Zulage erhalten, verlangt jedoch, weil das Amt immer umfangreicher wird, 200 Mark. Die Versammlung lehnt ab. Man wählt statt dessen Detlef Jöns jun. zum Gemeindevorsteher und Hans-Hinrich Stäcker zum Stellvertreter. Die Bestätigung des Landrates erfolgt im September.

Erfde, 22. Mai 1905

Die Trockenheit macht sich für die Landwirtschaft in bedenklicher Weise bemerkbar. Selbst die Sorge ist teilweise völlig ausgetrocknet. Möchte der so ersehnte Regen nicht lange mehr auf sich warten lassen.

Süderstapel, 27. Februar 1905

Die Schiffahrt auf der Eider hat seit einiger Zeit wieder begonnen und bietet dieselbe schon ein recht belebtes Bild. Gegenwärtig ist die Lösch- und Ladestelle des Herrn Detlef Heldt hier durch Schiffe mit Mauersteinen, Steinkohlen, Mais, Gerste, Reet etc. stark in Anspruch genommen. Seit Jahren hat man eine ähnliche Lebhaftigkeit der Schiffahrt um diese Zeit nicht beobachtet.

Süderstapel, 21. Mai 1902

Die Mühle in Süderstapel, welche zu Anfang des Jahres im Zwangsverkauf von Herrn Springer, Wilster erstanden wurde, wurde an den Müller Drewien in Wackenhusen für 12000 M verkauft.

Süderstapel, 15. August 1875

Tarif für die Fähre zu Süderstapel (Auszug)

Für 1 Kutsche mit 4 Pferden	1 M 88 Pf.
Für einen Fußgänger	8 Pf.
Für Gänse, á Stück	5 Pf.
Für nüchterne Kälber, Schafe und Schweine	8 Pf.
Für kleine Lämmer und Ferkel	5 Pf.
Für einen Reiter mit seinem Pferde	50 Pf.
Für einen Sack Korn oder dergleichen Produkte	8 Pf.
Für einen Reisekoffer oder sonstiges Reisegepäck	18 Pf.

Bei Eisgang, sowohl bei Tag als bei Nacht, und in den Wintermonaten vom 1. October bis zum 31. März, morgens vor 7 Uhr und abends nach 6 Uhr wird das vorstehende Fährgeld doppelt belegt.

Norderstapel, 31. Oktober 1892

Es brennt morgens 10 Uhr bei Kätner Lorenz Hansen. Die Feuerwehr ist rasch zur Stelle. An Rettung des Hauses ist nicht mehr zu denken, weil der Ernte-Vorrat schon in hellen Flammen steht. Das Mobiliar wird größtenteils geborgen. Über die Brandursache geht folgende Version: "Auf dem Herde ird Speck gebraten. Die Katze, welche den Herd als Wärmflasche benutzt, kommt mit dem Schwanz in den Speck. Der Schwanz fängt Feuer und so läuft die brennende und schreiende Katze nach dem Boden und steckt dort das Stroh in Brand!"

Norderstapel, 7. October 1885

Am gestrigen Abende ist die hiesige Windmühle durch Blitzschlag vollständig eingeäschert. Nachdem mehrfach in der Ferne ein grollender Donner vernehmbar war und grelle Blitze die Luft durchschnitten, erfolgten halb sieben Uhr kurz nacheinander zwei äußerst heftige Donnerschläge, denen die Blitze unmittelbar vorhergingen. Der erste Blitz nahm schon seinen Weg in die Mühle – war nicht durch Blitzableitung geschützt – welche schnell in hellen Flammen stand. Binnen kurzer Zeit war das Strohdach von der Mühle gefallen, aber das Holzgerüst mit den ebenfalls brennenden Flügeln widerstand längere Zeit des Feuers acht und gewährte dabei einen eigenthümlich großartigen Anblick. Das anliegende Müllerhaus schützte sein hartes Dach, während die benachbarten Häuser mit Strohbedachung durch ihre nasse Beschaffenheit vor Entzündung ziemlich sicher waren, sonst wäre schwerlich das Feuer auf seinen Heerd beschränkt geblieben. Denn es war zum Löschen nur die Norderstapeler Feuerspritze thätig. Von den Spritzen der nächstliegenden Dörfer waren keine erschienen. Dem Müller Thiessen sind ca. 25 Tonnen eigenes und außerdem ist viel von dem zum Mahlen gebrachten Korn verbrannt.

Stapelholm, 9. Juli 1904

Die Zahl der Storchnester dürfte in diesem Jahre in Seeth gegen 80, in Hollingstedt gegen 40, in Bergenhusen gegen 20, in Wohlde gegen 15, in Norderstapel gegen 20 sein. Eine geringere Zahl von Nestern findet sich in Meggerdorf, Süderstapel, Drage, Tielen und Erfde. In Seeth befinden sich auf einigen Häusern 2 - 3 Nester und ebenso viele in den Bäumen, welche die Wohnstellen umgeben.

Treene, 16. Juli 1892

Die Zahl der Störche nimmt von Jahr zu Jahr ab, da auf der Reise nach Afrika zu viele verloren gehen; dennoch gibt es Gegenden, wo sie sich besonders gerne aufhalten und auch in größerer Zahl erscheinen. Auf einem Wohnhaus eines Bauern an der Treene findet man 35 Störche. Es sind nämlich auf demselben 5 Nester und in jedem Nest befinden sich 5 Junge, mit den beiden alten Störchen findet man also 7 Störche in jedem Neste.